JN034039

変声譚

変声譚

中村邦生

NAKAMURA Kunio

水声社

水声文庫

目次

月光の仕事

月の光に酔うことはあるのだろうか。

東京郊外の地下室、〈土龍庵（もぐらあん）〉。照明を落とすと、月の薄明かりが差しこんでくる。

ドライエリアの壁面に黒黴（くろかび）が広がっているはずなのだが、夜闇に溶けている。壁の上の植え込みに繫る粗樫（あらがし）の枝から月の光が細く洩れ、風の動きに合わせて明滅を繰り返す。

庵主の作家Nは、枝の隙間から光のありかをたどっていくうちに、身体がほてり、軽い酔いに似た気分になった。やはり月の光は心身に障（さわ）るのだ。

初秋の某日、深夜一時十三分、スタンドライトの明かりを戻し、朦朧となりかかる意識をおしのけ、Nは二冊の自著を交互に読み返し始めた。パブリシティ用のチラシ原稿を書かなければならなかったからだ。ところが、たちまち気持ちがざわついた。予想通りと言うべきか、意想外と言うべきか定かではないのだが、停滞するような漂流するような再読の縺れ合った感覚とともに、作中の登場者たちが、新たな声を発し始めたのだ。Nに分身のごとく付き従うSという人物もそこかしこで親し気な声をあげる。そればかりか、本から逸脱したあれこれ未知の声も湧き出してくるのだ。

どのように応じたらいいのか途惑っていると、ページを開いたまま、いつしかNは睡魔に引き込まれ、意識は薄闇の中を当て所なくさまようことになった。さまようと言っても、ゆるやかな動きではなく、ときに疾走感がともなう。それは記憶に潜む怖れと慄きの感覚でもあった。深夜、高速道路の長いトンネルを猛スピードで走り抜けるときに起きる錯覚だ。同走の車はない。トンネル内の明かりは次々と線条となって伸び、背後に飛び去っていく。すると出口にいつまでも到り着けず道は垂直に傾き、車ごと底深い穴に落ちていく感覚が襲う。しかも全身に貼りつくその失墜感は怖ろしさのみならず、ほんのりと夢想を誘い出しもするのだ。

　そんな思いに翻弄されている間、「目覚めよ」という低い歌声に似た囁きや、誰かの擬声（こわいろ）のような語りかけが、脇から聞こえたように感じた。

　どれほど長く続いた微睡（まどろ）みかは判らないが、目覚めの岸辺に行き着いたとき、気分のたかぶりと惰眠への自責が入り混じって眠気は遠ざかり、頭がどんどんさえてきてしまった。

　掛時計を見ると、午前一時二分、なぜか時間が戻っている。木彫の古い時計ではあるが狂ったことはない。電池切れであるにしても、長針が逆行することはないだろう。いやいや、冷静に考えないといけない。Nははやる気持ちを抑えると、ふいに思い当たった。

　時間は丸一日過ぎたのではないか。眠りが長々と続き、おびただしい夢を見た気もするし、ほとんど仮死状態に近い時間を過ごした朧げな幽冥（ゆうめい）に漂う感覚もある。

　Nは気を落ち着け、ふたたび本を開いた。すると、再読を試みたときの事態がエコーのように反復してきた。活字を追う目が上滑りし始め、代わりに各断章が、「我に語らせよ」と次々に前日譚やら後日譚やらを口にし始め、はてさて、それら作中人物を押しのけて、未知の者たちまでもが我先に声を上げだしたのだ。その声は地下室に沸き立ち、共鳴し、狂奔し、収拾がつかなくなった。その夜、〈土龍庵〉はさまざまな由来を持つ声の集う賑わいの場になった。と同時に、一人の人間が声色を使い、腹話術でも楽しんでいるのではないかという印象もふと頭をかすめた。束の間そう思ったのは、やはり月の光にたぶらかされていたせいかもしれない。それもまた、月の仕事の一つなのだ。

I

亀とカマキリと――Nが語る

辿(たど)れるかぎり私の最も古い記憶のひとつで、五歳になる少し前の出来事だ。

杉並区荻窪（旧名・西田町）の生家、西側の道路を挟んで荻外荘（近衛文麿邸）があった。借家だったが、敷地は二百坪、家は平屋で六部屋あり、一年半ほど函館で暮らした時期を挟み、七歳まで住んだ。私の人生でこれほど広い場所で生活したことは他にない。八歳以降、共同トイレに共同炊事場、風呂なし、六畳一間の生活が長く続くことになる。

正月を過ぎたころのこと、それは笑いの広がる最後の家族団欒だった。夕食がすんで、父は皆を居間に集め、鞄から小さな袋を取り出し、畳に置いた。中から出てきたのは、ブリキ製のゼンマイ仕掛けの亀のおもちゃだった。父と母、祖母、四歳九カ月の私、九歳上の姉、二歳半の弟が、車座になっていた。

もちろん子どもの私は知る由もないが、我が家はそのとき貧窮のどん底にあった。戦前、同盟通信（共同通信と時事通信の前身）の政治記者として働いていた父は、刊行した三冊の本で戦犯となり、弁明書を出して最終的に追放処分を免れたものの、責任を取って会社には残らず、友人たちとタブロイド版の新たな新聞を発行した。名取洋之助を中心とするフォトジャーナリズムの立ち上げで発想はよかったが、経営難が続き破綻。ちょうどその整理に当たっていた時期だ。

運が悪いことに、肺結核の病勢も進んでいた。二カ月後、函館の叔父（父の弟）を頼って、家族は荻窪を引き払うことになる。旅費を作るために蔵書はもとより、布団まで売ったらしい。後年、姉が母から聞いたところでは、藤娘の博多人形が意外なほど高く売却できたという。そういう時代だったのだ。

翌年の五月、父は四十二歳で亡くなった。九月、母は生き延びる方策として姉と弟を親戚に預け、とりあえず私だけを連れて荻窪に戻り、職探しに奔走した。かつての賑わいに欠けた薄闇に沈む空虚な家で母の帰りを待っていると、幼いながらも私の心理的な動揺は大きかった。

父の部屋に入ると、『ライフ』誌が積んであり、乗り物の写真を見つけては飽かずに眺めていた。洋雑誌は機械油に似たインクの匂いがあり、なぜか私はそれが好きだった。五年前、上野の不忍池畔の骨董市で当時の『ライフ』誌を見つけたのだが、なつかしいその匂いが残っていて、いわば私は記憶の奥の残り香を購入したようなものだった。

あの日、父はブリキの亀のおもちゃをどこで手に入れたのか。茶色の甲羅(こうら)の埃をどてらの袖口で軽く拭き、もったいぶった仕草でゼンマイを巻く。ブリキ製の亀が、リズミカルな軋みをともないながら手足を動かす。亀は車座の中央に向かって、人々の眼差しの集中に途惑うように、ゆっくりと畳を進み始める。

家族の笑いが広がる。このとき私はとっさに何を考えたのか。

ここで大げさに亀の動きを恐がるふりをすれば、もっと賑わいが増し、場に活気が出るに違いないと思ったのだ。私は「こわい、こわーい」と叫び、父親にしがみついた。期待していたとおり、笑いが大きくなった。

ところが意想外の事態が生じた。弟がオムツで膨らんだ尻を振りながら亀に近づき、何の迷いを見せずに摑み取り、誇らしげに持ち上げた。亀はブリキ製ではなく、捕獲された小動物として空しく宙でもがいているように見えた。

歓声とともに拍手が起こった。弟びいきだった祖母が、「この子は強い、強い。お兄ちゃんに勝ったね」と言うと、さらに笑いが大きくなった。

こんなもの恐いとはまったく思っていないのに、もはや破綻した演技の修復はできない。私は恥ずかしさを覚えながら、茫然と事態をやり過ごすしかなかった。私の自作自演の芝居、即興のフィクションの企みは失敗に終わったのだ。

姉もこの場面を記憶していた。二人とも中年に到って、荻窪の家の記憶を寄せ合う話の中で出てきたものだ。

――私もその場面、よく覚えているわ。三つ子の魂、何とかじゃないけど、あなたらしい話ね。でも、勘違いがあるんじゃない。私はすぐにわかったよ。受けねらいで、わざと恐がっているふりをしているって。だって、何となく覚えているんだけど、仕草がオーバーで、自慢そうに恐がっていたじゃない。もしかしたら、みんなわかった上で笑っていたかもしれない。

――そこまで覚えているの？　それなら、みんなで芝居に付き合ってくれたというわけだ。結果的に家族そろって嘘に同調したということか。

――そういうややこしいこと、私には判らないから、自分で考えてちょうだい。

いくつかの思いが明滅する。

誰かが虚構を演じたとき、拵え事と感知しつつもとっさの気遣いから、その虚構を守ってやろうとおのずと協働することがあるように思う。わざとらしい言動は、わざとらしい他者の共演を得て命脈を保つのだ。作り事が作り事として成り立つためには、フィクションに加担する誰かとの共犯関係のステージが必要となる。

ブリキの亀をめぐる私の受けねらいの虚構的な振る舞いは、もちろん一つの幼い経験的事例でしかないのであるが。

荻窪の家で遭遇したもう一つ重要な出来事がある。

北海道から帰った後、広い庭を独り占めして遊んでいた。玄関先に大きな金木犀、柿が裏庭に二本、表に三本あり、椿、桜、栗、モミジ、ヤツデ、クヌギ、隣家の屋敷林との境には欅の大木もあった。庭の木々の名前と位置は、かなり細かく覚えているつもりだったが、母と姉にたずね、記憶を補ってきた。

庭では朝早くから鳥たちが鳴きかわし、青大将や狸、野鼠がときどき出没し、あまり手入れの行き届いていない雑草だらけの花壇には、蜂やトンボ、蝶などが集まった。理由はわからないが、草色、褐色を含めカマキリがとりわけ多く、鎌形の前肢を持ち上げ、頭を回して大きな両目でにらむ、あの威嚇の姿勢が、ことのほか私のお気に入りだった。

この庭で謎の光景を何度か目撃した。樹皮の粗さの記憶から推測して、たぶんクヌギだったと思うのだが、幹が二又に分かれているところに、小さな枝の突起があった。そこへ黒蟻が上ってくると、細枝がすばやく伸びて、たちまち蟻の姿が消えた。

瞬時のことで、何が起こったか判らない。不思議な木があるものだと思いながらその場を離れ、しばらくして戻るとおかしな動きを見せた枝は消えていた。夢見のような出来事だった。

別の日のこと、たぶん私は蝶を追っていたのだと思う。あれは何という花であったか、私は花の名など関心外だったが、美しい桜色の花びらにガクの白い蕾（つぼみ）が開きかかっていた。その花に蜆蝶（しじみちょう）がとまった瞬間、花びらの一枚から針のようなものが出て、青い翅（はね）が引き寄せられ、折りたたまれるように見えた。

何が起こったか、この場合も判らない。またもや魔法が出現したのだ。この庭は秘密の力を持つ木や花ばかりあるなー、と私は子どもなりのまっすぐな思いこみと理解で日々を送り、決して口外してはならない内緒事として心の奥にしまっていた。おそらく木と花の秘めた体験を細部までよく記憶しているのは、このように他人へ告げてはいけない隠し事として留め置いたからに違いない。

この魔法の正体が明らかになったのは、いつのことか定かではない。私が目撃した出来事はカマキリの擬態（ミミクリー）であった、といつしか知るにいたった。少なからず拍子抜けしたことは確かだが、むしろ自然現象のセンス・オブ・ワンダーに、なおいっそう心奪われたような気がする。

昆虫の擬態は驚くほど多様で、葉の葉脈や枯れた部分までそっくりに似せてみたり、鳥の餌食にならないように糞に化けたり、猛禽類（もうきんるい）の目玉そっくりに全身を変容させて天敵を威嚇するものたちもいる。

私たち人間は擬態という現象を認識しているのでその行動を理解できるが、そうでなければまさしく惑乱と迷妄につままれる怪事であろう。小動物の単なる生き残り戦略に過ぎないが、あえて擬人化した言い方をすれば、私はカマキリに見事に騙されていたわけだ。カマキリはいるのに、いないと見せかけていた。それは生存のための巧緻な変身マジックだった。迷彩の巧み、偽装の妙手こそ、存在と不在のドラマであり、荻窪の家の庭はその魔法の舞台だったことになる。

あの少年のことなら、よく覚えている――カマキリが語る

私のこと？　あなたがた人間がカマキリと呼んでいる虫だよ。文句を言わせてもらえば、この呼び名は少しばかり紛らわしい。アユカケの別称で、カマキリと名のついた川魚もいるし、私たちによく似ているらしいカマキリモドキという気の毒な名前の虫もいるけど、「モドキ」とはいったい何事だろうね。「まがいもの」という意味なんだろう？　ちゃんとした呼び方を考えなきゃ気の毒だよ、なぜって、こっちのほうこそ、あちらさんの「モドキ」かもしれないし、そもそも「モドキ」は崇高な言葉のはずなのよ。さっきどこからか、「擬態」なる言葉が聞こえたけど、それだよ。私たちの巧みな「擬態」に比べたら、あんたがたの「擬態」なんか、笑止千万の代物じゃないか。

さて、ここで声色を変えさせていただきます。仲間のカマキリたちは、こんなことにあまり関心がないでしょうけど、声作(こわつく)りだって、擬態のレッスンになるかもしれないですから、言い遅れましたけど、俺は七十三年も生き長らえているカマキリなんですが、稀少種もいいところで、俺を含めて地球上に三匹しかおらんのですよ、なぜ生き残ったか、偉大な理由はありますけど、偉大なことは勿体をつけて話すにかぎりますので、後回しにすることにいたします、なぜこうして今まかり出たかと言いますと、あの孤独な五歳の少年が愛おしく、なつかしく、出会いの情景をありありと思いだしたからですが、とは言っても、どうせ今は少年の面影などとっくに全滅させ、荒れ果てた野面のような顔をさらす御仁になっているに決まっているでしょうから、そんなやつ、しっ、しっ、あっちに行けというわけで、とりあえず五歳の坊やだけを思い出したいのでして、そう、思い起こせば、あのとき驚いたのは、むしろこっちのほうだったんですよ。

少年は杉並区荻窪の「西田町」とかつて呼んでいた場所の大きな家の庭を独り占めして遊んでいたのだが、何度か謎の光景を目撃し、樹皮の粗(あら)さから推測して、たぶんクヌギに間違いなく、その幹の二又に分かれているところに小さな突起があり、そこへ黒蟻が上ってくると、細枝がすばやく伸びて蟻の姿が消えてしまったそうだが、しかし、瞬間のことで少年は何が起こったか判らないまま立ち去り、ややあって戻ると妙な動きを見せていた枝は消えていたというわけだ。で、さらに別の日に彼は蝶を追っていき、何という花だったか、美しい桜色の花びらにガクの白い蕾が開きかかり、その花に蜆蝶がとまったのだが、瞬間、花びらの一枚から針のようなものが出て、青い翅が引き寄せられ、ゆるりと折りたたまれるように見えたんだけど、何が起こったか、この場合も判らないまま、少年は口外してはならない庭の秘密として心の奥にしまいこみ、それから何年も過ぎてから、正体はカマキリで、その身に備わった巧みな「擬態」だと知るにいたったのである。

なりきり、溶け込み、まぎれ、惑わす、こうした変身はコノハムシとかバッタとか昆虫類の特技なのですけど、とりわけカマキリはカムフラージュの天才で、荻窪の庭で五歳の少年を騙したのは、何を隠そうこの俺なんですけど、そのこと覚えていますよ、いきなり不思議そうな顔が間近に寄ってきて、不可解な魔法の出来事に少年は驚いていましたが、こちらからしますと、これほど人間の顔をまじまじと見るのは初めてでしたから、目鼻の妙な配置に俺の方がびっくりしてしまいまして、正直言うと、そのせいでいつもの手順がやや狂ったのですが、なんとか首尾よく捕獲はできて、ちょっと余裕が出たところで、あらためて少年の顔を覗くと、目がキラキラ光っていて、これは危ないぞと心配になったわけは、俺たちの天敵の鳥どもは光っているものを見るとすぐ突く習性があって、ボタンなんかだって危ないわけで、ましてや目玉なんか格好の標的、鶏なんかにも顔を近づけるのは、用心、用心、ところであのときオデコに大きな絆創膏を二枚も貼っていましたが、いまさらですけど、何があったんでしょうか、これは先の話でぜんぜん触れていませんでしたが、とにかく少年は不思議なマジックに驚いていましたけど、その不思議な出来事を「擬態」という言葉を知らずに、そのまま受け入れていたときの世界に対する好奇の感覚は、今よりもずっとしなやかで豊かだったように俺は思うのです。

少年が少年らしさを脱しつつあった小学校高学年のころの出来事だったか、杉並の母子ホームに暮らす二十四時間腹ペコの欠食少年たちが、カマキリを甘辛に煮付けて食べたそうじゃないか、そして食べた後で年長の中学生から、「大きいカマキリには寄生虫がいるので、小さいやつを選べ」とサバイバル知識を伝授されたが、時すでに遅し、腹の中でカマキリたちが、いっせいに鎌を構えてうごめく情景を思い浮かべてしまい、気分が悪くなったそうだけど、その程度で終わってよかったではないか、寄生虫は小さいカマキリでも入り込んでいるからね。それとあなた方の生物学者は「婚姻贈呈」という用語も使っているけど、オスがメスに気づかれないように、そっと背後から近づいて交尾を試みるものの、事に及ぶ前に察知されて喰われてしまう残念なオスもいるんだが、何とか交尾をはたしても、しょせん結果は同じで、文字どおり首尾よく喰われ、自分の体を大事な子育ての栄養源としてメスに贈与するわけだ、これこそ己の死を捧げる究極のプレゼントなんだが、この俺がなんで七十三年も生き延びてきたかと言えば、この「婚姻贈呈」を回避し続けてきたからさ、ありていに言えば、メスとの交尾をいっさい体験してこなかった結果で、それを「婚姻童貞」なんて無理な言い方をしても別にかまわないけれど、とにかく長命はそうしたさっぱりした日々を頑張りぬいた賜物だよ、偉業と言うべきことさ、交尾を拒否する、そんな健気な生き方をしてきたカマキリは、さっきも述べたように、現存するのは三匹しかいないのさ、三匹の反贈呈同盟の絆は固いよ、でも、驚くのは早い、俺たちカマキリの騙しの妙技はここに留まらないのだが、にわかに空腹を覚えてきたので、餌食を捜さないといけない、だから話は今度にするかな、でも、その「今度」というやつが本当にやってくるかどうか当てにならないし、そもそも話はいつだって話半分にすぎないもんだ。

ABCビスケット――石ころが語る

出会ったのは、一九五八年（昭和三十三年）七月三十一日、午後三時十八分。聞こえる、聞こえる。きみの呼び声は、届いているよ。まだ、しっかり覚えていたんだね？　あのころの多摩川駅は、調布から分岐した京王多摩川線の頭端式の終着駅だった。夏になると、駅前から海水浴場を思わせる賑わいの雰囲気があり、川辺に着けば海の家のような食事処が並び、どこもカキ氷の幟（のぼり）が立っていた。

その日、きみは一人で多摩川に泳ぎに行った。理由をほのかに私は察している。きみは小学校六年生、杉並区立久我山母子ホームの少年グループのなかで、年長者と下級生にはさまれてしばしば葛藤状態に陥った。息苦しい軋轢（あつれき）から、逃れたかったのだ。母親にも姉にも、仲間にも内緒の行動だった。年長者との折り合いのつけ方も苦労したが、意外にやっかいなのは年齢の近い年下の少年だった。

夏休みに入って間もない時期で、働きに出ている母親たちの目の届かない不埒（ふらち）な行動が続いていた。きみは前の日に三鷹の牟礼の農家から卵を盗み出す集団行動に失敗した。鶏小屋から、一人につき四個以上くすねてくることがノルマだったが、きみは取り損ね、暗黙のルールをあえて破って、裏庭の物置の出荷棚のほうから盗んだ。リーダーの高校生の怒りをかったが、その説明にはもっともらしい理屈があった。

数が三個だけなのは仕方ないとしても、鶏小屋からじかにいただくなら、いわゆる「おすそ分け」にあずかるにすぎないけれど、すでに商品として並べられた出荷棚から取ってくるとなると、「どろぼう」なんだ。第一、卵がきちんと並べたケースから消えたとなれば、ばれやすいぞ。

どっちだってどろぼうなのは同じでしょ、どうせおれたちはそろって少年院行きだ、ときみが笑いながら言ったとたん、年長者に媚（こび）を売る示威行動から、年下の少年二人がきみの横っ面に殴りかかり、股間めがけて蹴りをいれてきた。これはいつものことで、反撃するとかえって痛い目にあう。ペナルティが課され、単独行動で卵を八個取ってこいとなった。しかし、翌日きみは自転車で家を出たが、牟礼の農家を素通りして、東京天文台に寄り深大寺へ向かった。

夕方近く母子ホームに帰りつくと、少年たちが玄関ホールに正座をさせられ、熊本の女学校教員の経歴を持つ寮母の説教の最中だった。夜になって、きみは母親からいきさつを伝え聞いた。その日も、仲間たちは卵をくすねに出かけたのだが、農家の老夫婦に見つかってしまった。素性を白状すると、囚人護送のようにトラックに乗せられ、ホームに戻ってきた。驚いた寮母が、盗んだ卵を市価の三倍の値段で買い取る交渉をして、かろうじて警察沙汰になるのを防いだ。ついでに久我山駅近くの食料品店に出向き、高校生の売りにきた卵は盗品だと告げ、こちらは二倍の価格で買い戻した。おかげでどの家族もしばらく卵料理ばかりが続くことになった。

偶然と誤解が幸いして、きみだけが泥棒団に加わっていないことになり、寮母に褒められる結果になったが、安堵どころか屈辱感が体の芯のほうから這い上がってくる思いだった。そうだったよね？　前日のきみのルール違反が、盗みの発覚につながっているはずで、それだからこそ良い子とみなされることに、きみは深い孤立感を覚えたのだ。どうしてこんなところで暮らさなければならないのか、卵を盗むような貧乏生活がいつまで続くのか、暗鬱な気分に沈むばかりだった。

きみが京王多摩川に泳ぎに来たのは、ちょうどそのようなときだった。本当は海を見に行きたかったが、電車賃が足りない。井の頭線から京王線への乗り継ぎも明大前経由だと料金がかかるので、母子ホームから千歳烏山駅まで歩いた。母と姉が仕事に出かけた後、残りご飯をかき集め、おかか入りの握り飯を二つ作った。握り飯は昼になる前に消え、食べ終えてしまうと食欲がいっそう刺戟され、かえって空腹を覚えた。

きみは泳ぎが得意でない。浅瀬に足を踏み入れて歩き始めたとたん、予想外に勢いのある流れに体のバランスを崩し、あわてて岩にしがみついた。細流の先には深い淵があり、渦をまいているのがわかった。

川を上がって、土手脇の木陰で身を横たえていると、のぞき込む顔がある。クラスメートの福田君が、なんでここにいるの、とけげんそうに声をかけてきた。泳ぎたくなったんで、なんとなく一人で来た、と見上げた姿勢のまま答えると、福田君は生真面目な表情で隣の木の下で休んでいる父親と妹を紹介した。一人で来たのかい、と父親からも同じことをたずねられた。羽田空港勤務のこの人は、かつて中島飛行機の技師だった。「零戦」だけでなく艦上攻撃機の「天山」とか夜間戦闘機の「月光」とか、福田君が太平洋戦争中の飛行機にめっぽう詳しいのは、そうした背景があった。きみは父親を間近にして、眩しいものを目にする気分でずっと緊張していた。

福田君たちは昼食を終えたところで、上流の釣り場まで様子を見に行くことに決めた。きみはしばらく荷物の番をする役割を引き受けた。それほど遠い距離でもなさそうだったが、ひもじくて歩ける自信がなかったのだ。ここできみは、困ったものが目に入った。妹のリュックサックから東鳩製菓のＡＢＣビスケットの袋が覗いている。もう封が切ってあるようだった。

きみは目を閉じてこらえ、また目を開けて青空を見た。一切れ、白い雲が動いている。空も雲も腹が減ることがあるんだろうか。

つまらないことを考えてしまった、と幼い子のような連想を恥じて、きみは深く溜息をつく。しかし我慢も限界に達して、薄緑のリュックサックに右手を伸ばす。卵を盗んだときに似て、ひとたび動きを開始すれば、指はすばやく作業を進める。きみは、ビスケットを一つ口に入れて、呑み込む。二つ目はしっかり味わい、ABCビスケットがこれほど香ばしく甘いものだったかと初めて知る思いだった。十枚ほど食べたところで、空腹感よりも自責の念がふくれ上がってきた。

ふたたび仰向けに横たわっていると、福田君、父親の顔が現われた。小学三年生くらいだったろうか、妹は無言のままシートの隅に坐り、三つ編みの髪の位置を手で直した。きみはその仕草を見た瞬間、告白の心の負担などとはまったく関係なく、言葉が勝手に口から飛び出した。

あのー、すいません、そのリュックにあったビスケット、少しもらってしまいました、おいしかったです、ごめんなさい。

父親に驚いた様子はなく、娘に向かって手話で何事かを伝えた。娘も手話で応じ、きみに微笑みかけた。あどけなさを残す、大きな目と小ぶりの丸い鼻は福田君に似ていた。女の子は薄緑のリュックサックを手探りし、もう一つ未開封のABCビスケットの小袋をきみに手渡した。どうぞって言ってるよ、と福田君が妹の通訳をしたときには、きみはすでにお菓子をしっかり手にしていた。

二学期が始まっても、きみは福田君と特別に仲良しになったわけではない。多摩川で会ったことも話題にならなかった。当時としてはめずらしく、福田君は私立中学に進み、そのまま疎遠になった。何年もたったころ、福田君のお母さんは、彼が中学生になった五月の黄金週間の終わり、飯田橋の厚生年金病院で亡くなったことを人づてに知った。

午後のまだ陽の高い時間だったが、きみは家族たちに別れを告げ、早めに帰ることにした。京王多摩川駅はまだ人がまばらだった。当時は三両編成、先頭の辺りで電車の到着を待った。垣根に咲く薄いピンク色の槿（むくげ）の花から線路に視線を移したとき、枕木の間の一つの小石に目がとまった。ごくありふれた灰色の丸石で、特徴と言えば土星の輪のような白っぽい縞模様が細く浮いていることくらいだった。

きみの思いは不思議な揺れ方をして、この瞬間の、この場所の、この石との出会いを一生忘れない、となぜか自分に強く言い聞かせた。今もしも世界が消滅したとしたら、この灰色の石ころが最後の記憶になるだろう。

まだ十二歳なのに、胸苦しい孤独感と憂悶、そして空腹感に耐えていた少年が、なぜそんな石に魅入られたのか、説明がつかない。石に願いを託したり、祈ったりしたわけでもない。しかし、何かが起こったのだ。何が？　ただ言えるのは、どこにでもある、ごく普通の灰色の石ころが、この世の無二の存在として、そのときみには感じられたということだ。

きみの石への強い凝視が幸運な相互作用のようなものを生んだとも言えるだろうか。ありふれた石なのに、めずらかな記憶がこうして残っているのだから。きみがそうであるように、わたしもきみのことを忘れてはいない。あれから六十五年、きみはまだ孤独感と憂悶を抱え、ひもじい思いの日々を送っているだろうか。そうでないことを願うが。

わたしか？　記憶をたどってみれば、京王多摩川駅がまだ多摩川原駅という名で、砂利運搬用の駅だったころ、河床にころがっていたようだ。そこから運ばれ、移動をくりかえした。ところが、いまどこにいるのか、それが判らない。海辺の近くの広い造成地で遊具に群がる人々の歓声からすれば、千葉の幕張かなと推測はするけどね。

再会など望むべくもないが、また呼びかけてみればいい。きみが覚えている限り、わたしはいつだってどこかに存在しているはずだから。

ビョンスおじいちゃんと犬の話——韓国人研究者Jが語る

Nさんも犬がお好きなんですね。はい、私はヨークシャーテリアを飼っています。もうすっかりおじいちゃんで、目がよく見えません。名前はポピーです。韓国でだいぶ前にトイレットペーパーのコマーシャルがあったのですが、「うちのワンちゃんはポピーです」って、とてもかわいい犬が登場していたので、まねしてつけました。

ドッグ・ストーリーですか？　はい、あります。では、韓国のこんな話はどうでしょう。お気に召さないかもしれませんが、このまま続けていいですか？

父方のハラボジから聞いた実話です。ハラボジって、韓国語で祖父のことです。その祖父の住んでいた場所はチュンチョンナンドで、忠清南道と書きます。ソウルの南東の地域ですが、山間（やまあい）の小さな村の農家でした。とにかく田舎ですから、犬肉はとても大切な食材なんです。いえ、そのころは田舎じゃなくても、都会の人だってよく食べましたよ。オリンピックまでは、ソウルのノリャンジンの市場なんかに行けば、安く手に入りました。わたしは、食べた経験がありませんけど。

祖父はキムビョンスと言います。ビョンスおじいちゃんは、二種類の犬の飼い方をしていました。庭で綱をつけて、要するに番犬として飼う犬、もう一匹はフェンスで囲って、食用として育てる犬です。床に網を張って、糞尿が下に落ちるようになっています。ほとんどが雑種犬で、普通は名前なんか付けません。そんなことしたら、ペットになっちゃいますからね。でも、このときのおじいちゃんは違っていました。

食べごろの成犬になると、叩き殺します。しっかり叩いて、肉質がやわらかくなったところで、丸焼きにするか塩茹でにして、いただくわけです。

ところが、あるときこんな事件があったそうです。日本の柴犬みたいな毛色だったので、なんとなく黄色犬という意味で、「ヌロンイ」と名づけた犬を食用に育てていたそうです。隣の家のファンマンシクというおじいさんも、同じ目的で犬を飼っていました。

そのうちいよいよ犬を殺して食べる時期になりました。これって、日本語で何と言いましたっけ？　ホフル？　ああ、「屠る」って書くんですね。さすがにそれぞれ犬に情が移っていますから、飼い主の気持ちの負担が大きい。そこでうちのおじいちゃんと隣のマンシクおじいちゃんは、こうした場合よくあることですが、犬を交換したのです。

マンシクおじいさんは、ヌロンイに特別な思いはなくて、ただ早く料理にありつこうと、ほどよく叩いたところで、犬を火にかけました。ところが、叩き方が足りなかったのか、炎が背から腹に回り始めた瞬間、ヌロンイは身を震わせながら起き上がり、山の中に走り去ってしまったのです。マンシクおじいさんは、驚いた拍子に薪につまずいて、火のなかに倒れ込んでしまいました。呪いの叫び声を上げながら、井戸水を頭からかぶり、なんとか両腕と左耳の火傷だけですんだのですが、犬に逃げられたことをひどく悔しがりました。そして、弁償はどうするつもりだと、うちのおじいさんに迫ったのです。

犬は山に消えたまま、三日たっても気配を消しています。体を叩かれた上に、火傷までしているはずだから、どこかで死んでいるだろうと誰もが思いました。でも、何を根拠に信じているのか、ビョンスおじいさんは、いや、家の近くの山にいて、身を潜めている気がする、と言い張るのでした。

驚いたことに、その予想は当たりました。四日目の朝早く、ビョンスおじいさんは山に入り、ヌロンイを大声で呼んだのです。呼称の場合、語尾をアにしてヌロンアと呼びかけます。

ヌロンアー、ヌロンアー、ヌロンアー
きっとハラボジの声は樹から樹へと葉をゆらしながら、渡っていったのではないでしょうか。声は届きました。昼近くになり、ヌロンイは飼い主の呼び声に応えて、藪の中から姿を見せました。背中の毛は焦げ、あばら骨が折れているせいか、胴体がくの字に曲がっていました。それでも小さく尾っぽを振り、右の後ろ足を引きずりながら、こちらに近づいてきたのです。痛々しい姿に、おじいさんはヌロンイを抱き上げようとしました。ところが、食用犬にとっては、そうした人間のかわいがり方などまったく未知のものです。パニック状態で暴れようとします。吠えてもいいところですが、声も失っていたそうです。おじいさんは仕方なく、幼子のようにゆっくり歩むヌロンイと並んで家に戻りました。

喜んだのはマンシクおじいさんです。さっそく火を起こそうと薪を積み始めました。すると、ビョンスおじいさんは、こう言いました。

もうこの犬は渡さねえ、見てみろ、このひん曲がった体、おまえが中途半端なことするからよー、そいでな、この犬はうちで飼うことに決めたんだ、あまり長生きはできないだろうがよ、だから金を払うから、それでいいだろう、いくらだい？　おう、なんだい、高くふっかけたもんだな、長い付き合いだろうが、その半分じゃだめかい？　えっ、金はいらねえって言ったか？　ばかやろう、強がるんじゃねえ、貧乏人のくせしてよ、おれも貧乏だけどさ、だから半分にしとけ、それでいいな。

次の年の春のことです。私のハラボジは煙突の修理をしているときに、屋根から落ちて亡くなってしまいました。地面に横たわった遺体のそばで、ヌロンイはとまどったような様子で坐りこんで、じっと動かなかった、と後で家族から聞きました。

ヌロンイが死んだのは、同じ年の秋です。今は裏山のわが家の墓の隣に埋葬されていて、小さな木の墓標がたっています。その墓標をよく見てみると、なんと薪なんですよ。これに気づいたとき、私は思わず笑ってしまいました。ほんとうは、泣いてもよかったんですけどね。

小事が万事、大事になるとき——建設会社の測量士Dが語る

久しぶりに野外の仕事へ復帰したのですが、今朝の新聞の片隅にあった、愚かしくこっけいな、それでいて深刻な事件をめぐる記事のことが、何かにつけて頭にちらつき、いつになく陽ざしが眩しく感じられたのでした。

図面の作成とか測量データの解析とか、予算の計上とか機器の調達とか、こうしたデスクワークを中心にした内業よりも、やはり現場に出る外業の方が私には合っているな、とはいつも思うのです。

今日は久しぶりの水路測量です。白いヘルメットをかぶり、カーキ色の作業着を着て、左腕に赤い腕章を巻き、三脚台にトータルステーションを据え、晴れわたった秋の空の下で、荒川上流から

秩父山系を眺めながら、深呼吸をすると体の奥から活力が湧き出してくるのです。

もちろん、この気分に間違いはありません。しかし、たまたま今朝の新聞で読んだ小さな記事が頭を離れず、何かどんよりした心持でいます。事件の当事者が陥ったのは、物事の軽重の測量の失敗、遠近の距離感の測定の失態なのです。要するに、物事の判断の基準の混乱です。認識力にも遠近法が関わっているとすれば、遠いものを近くに、近いものを遠くにあると思い込んでしまうということでしょうか。

もちろん、人間の持つ判断力や認識力は、今ここにあるトータルステーションのようには働きません。目標に向けレンズを視準してボタンを押すと、光が放射され、その機材に戻った反射光を瞬時に解析し、精細な距離を算定する光波距離システムに錯覚が紛れ込む余地はありません。地形変化ならば、ドローンの空撮による立体測量も併用できます。こんな数値的な現実に向き合っていると、ときどき不安を覚えるほどの明快さです。

日頃こうした数値分析の測量作業に携わっているだけに、今朝の新聞でたまたま目にした計測し難い出来事の顛末(てんまつ)、あえて言えばその「バカバカしさ」に驚き、呆れてしまったのです。これほど情けない、愚鈍な事件はめったにないように思います。この気弱な男は、いったい何におびえていたのか。三面記事の左隅に、「婚約者宅放火、挙式延期はかる」と見出しがあったのです。

放火の疑いで逮捕されたのは川崎市の会社員二十九歳。調べによると、婚約者の父親である自営業者宅の二階押し入れにライターで火種を作り、天井など三十一平方メートルを焼いたというのです。会社員は翌日に結婚式を控え、婚約者の家で打ち合わせをしていた。ところが、自分の両親や兄弟が結婚に反対していて、式に出てくれそうもない。そこで説得の時間かせぎに放火におよんだ。気が弱くて家族たちから反対されていることを婚約者にうちあけられず、思いあまって犯行におよんだと警察は見ていました。

婚約者側は、男が帰った直後に火が出たことで不審に思い、入籍を延ばした。当の結婚式では、容疑者の親や姉夫婦は一時間ほど遅れたものの出席し、式はどうやら無事に行われたらしいのです。

これが事件のあらましです。おそらくこの男は生真面目な人間にちがいありません。生真面目であるがゆえに、視野狭窄（きょうさく）に陥ったのでしょう。生真面目にあれもこれもと気を遣い、ついに身動きが取れずに切羽詰まってしまったのです。その窮地を一気に突破する手立てとして、結婚相手の家を放火するとは、やむを得ぬ行為だったのでしょう。

女性との新生活を強く願っていたことは確かです。でも、駆け落ちなどといった強硬手段を相手に持ちかけるほどの煮詰まった関係ではなさそうですし、そうした行動の先に幸福な日々など思い描けない、気の弱い真っ当な市民でもあったのでしょう。法外な望みがあったわけでもありません。どうしても家族に祝福してほしい。もちろん、自分の家族にも相手の家族にも。だからこそ、婚約者の家へ打ち合わせに出向いていています。

やっかいなのは、自分の家族の方だ。どうして祝ってくれないのか。家族が反対していて、誰も式に出ないなどということを、いまさら結婚相手に言えるものではない。とにかく家族が本心で何を考えていようとも、全員揃って式に出てくれさえすれば、事態は取り繕うことができる。自分の家族が顔を出しさえすればいいのだ。こんな簡単なことがどうして難しいのだろう。もう少しで説得できるかもしれない。それには時間がほしい。挙式は明日に迫っている。何とか猶予できないものか。少し時間をかければ、万事うまくいくかもしれない。いや、必ずうまく進む。ならば、式を延期することだ。それしかない。すべてそのことにかかっている。なんとしても式を先延ばしにしなければいけない。いますぐに手を打たなければ、間に合わないだろう。どうするか。そう、火事だ。もし火事で家が焼けたら、結婚式どころではなくなるにちがいない。もはや決行するしかないではないか。

男はこんなふうに考えたかもしれません。それにしても、この男の抱いていた怖れの中心に居座っていたものは何だったのでしょう。身内の人間たちからの結婚の同意を得られなければ、すべては台無しになるという、他人から見れば実に下らない小事への過大な思い込みです。ことによると、同意を欠いたら世界の滅亡にも等しい誇大な思い込みだったのかもしれません。世界の滅亡を阻止できるならば、放火などまったくの瑣事(さじ)でしかなかったのです。非当事者としては、幸福な家族への幻想はここまで肥大し得るのだと考えるしかありません。

たぶんこの男の幸福のイメージには、家族みんなの和やかな祝福の輪のようなものがあったのでしょう。そんなものは、二人の関係にとって二次的なものにすぎないのではないか、と言ったところで耳に入るものではないかもしれません。家族そろっての祝福こそ、彼女への愛情の証であると信じていたでしょうから。その象徴的な行事が結婚式で、式の破綻は愛の破局さえ意味したにちがいないのです。こうして「式」というものが、意識のなかで異様に膨張してしまいました。それを延期できるならば、手段を選ばないところまで気持ちが追い込まれてしまったのです。

　こっけいで、おかしいことにはちがいありません。でも、なぜか私は笑えないのです。判断と認識の遠近法が狂いだして、全体的な視野からすれば実に些細（ささい）なことも異様に拡大して取りついてくることは、誰にでも多少は経験があるはずです。小事がどんどん前景化してしまうのです。そうした他人の小事の増大ぶりを外側から指摘していたはずの者が、気がつくと自らもまた瑣事の泥沼に足を取られていたりします。その小事・瑣事は世界そのものにも等しいのです。

　ですから、世界の崩壊を何としても防がなければならないと意を決して手を打ちます。他人からはいかにも衝動的で突発的な行為にしか見えません。事態打開のための行為が犯罪になるかどうかは、単に運不運の問題に過ぎないのです。差し迫り、大きく膨れ上がった小事への生真面目な対応が倒錯的な行動や犯罪になるか否かは紙一重ではないでしょうか。そう考えれば、誰だって日々、大なり小なり「放火」のような行為でしのいでいることになります。どうでしょう、私はそう思うのですが。

　何やら私自身の思いがどんどん増殖していく気配があります。いや、それはそれとして、実はさっきから、困った事態が発生してしまったようなのです。トータルステーションの水平面・垂直面の角度を測るセオドライトの機能が不具合を起こしました。原因は些細なものなのか大きなトラブルによるものなのか、にわかに判断がつきませんが、地勢のアングルの計測値を横も縦も欠くとなれば、一大事です。代替機材はないし、さて、どうしたものか。

そうと知れば、音楽会へ行くべきか——夏目金之助が語る

報知したいと思う事は多々あるような無いような気もするが、何れにしても愚痴めいた瑣言となろう。兎に角大体の処がご承知の如き俗物だから、こんな窮屈な暮しを続けていると英吉利が嫌になって早く帰りたくなるのも道理だ。真冬の夜のヒューヒュー風が吹く時にでもなれば、ストーヴからもくもくと烟が逆戻りして室の中が煤だらけになって噎せてしまったり、窓の隙間から寒風が無遠慮に這込んで体が堪らなく冷え切ってしまったり、板張の椅子が自棄に堅い代物で尻が痺れて痛苦が腰に及んだり、自分の着物が段々と変色して来るにつれて我身が次第に下落するような情けない心地に相成り、何のためにこんな貧賤の生活を送るのかと矢鱈と憤慨至極に到ったりするのである。

それではと憂さ晴らしに、ステッキを振り回してバタシー公園辺りまで散歩したりするのだが、往来に出て見れば、逢う奴も逢う奴も皆んな厭に脊いが高い。御負に愛嬌のない顔ばかりだ。こんな連中の国なら、無駄な脊の高さと辛気臭い顔貌との二つが揃っている奴らには特別税でも掛けたらいいかと思う。元来、脳味噌の中身の薄っぺらな上の方が軽い輩こそ無駄に脊が伸びるものである。何事も重石を欠いてはならないのだ。

併し乍らぶつくさと愚痴言を吐いても仕方ない。当地にいる以上は万事鷹揚に平気にして居なければなるまい。たまには美術館巡遊や芝居だけでなく音楽会などの興行物に足を運ぶのも好いかもしれぬ。丁度稽古を終えた時に、クレイグ先生からグレン・グールドと云う若いピアニストがセント・マーチン・イン・ザ・フィールズ教会でリサイタルを開くそうだから行ってみたらどうかと教示された。プログラムは知らないが、たぶん当日決めるのだろう、と。そうした類の偏物演奏家なのだそうだ。心に懸かる処があって調べて見ると、意外にもこのピアニストは白面郎ながら、余が何れ書くことに成るはずの『草枕』の英語訳版の愛読者だった。そうと知れば行くべきか。今般の音楽会の様子を知れば、これも何れ書くことに成る『野分』の上野奏楽堂のコンサート風景の内習しになるかもしれぬ。しかもこのピアニストは興趣溢れる奇行の持ち主で、椅子を極端に低くしないと弾けず、自分用の特製物を持ち歩いて居るとの事だ。

何やらよく知られたジョージ・セル事件なる逸話もあるらしい。ジョージ・セル指揮によるクリーヴランド交響楽団との共演のリハーサルでの事、若者はいつもながらの強い拘りで椅子の高さに神経を集中し、何と一ミリ単位での微調整を続けた。謹厳で時間管理に五月蠅いセルは指揮台の上から険しい顔を向けで、こう宣ったという。「ミスター・グールド、私が個人的に君の尻を一六分の一インチ、スライスして差し上げようか。そうすりゃ君は望み通りの低い姿勢が得られるし、我々は練習が始められる」。こうした奇矯に加え、このピアニストは聴衆の面前で演奏するのには否定的な考えを持ち、いつ何時我等から姿を晦ますか分からないらしい。そんな御仁が何故に『草枕』を後生大事に愛読して居たのか不可解だ。不可解と余が述べた時には、大体が不愉快とほぼ同義に理解して貰っても好いのだが、この場合そこまで窮屈になる事もないだろう。英語訳が *The Three-Cornered World*（『三角の世界』）となれば薄々見当がつかない事もない。「四角な世界から常識と名のつく、一角を摩滅して、三角のうちに住むのを芸術家と呼んでもよかろう」と書くはずの辺りであろう。アラン・ターニー氏が充てた「非人情」の detachment（超然）という訳語からも仄かに推考できる。

　ならば、リサイタルに出掛けるのも一興ではないかと余はしばし迷う羽目になった。いやしかし実の処、代銭に余裕を欠いている。少しでも書物に工面の方策を講ずることが先決だ。其も其も余には只今のところ喫緊の課題を抱え、それに全力を結集しなければならぬ労苦を要する事情がある。自転車乗りを是が非とも克服する事なのだ。練習は毎日続けては居るが、完成は未だしの感がある。

下宿の婆さんのミス・リールの「自転車に御乗んなさい」の命に従ったものの、習熟は遠き途なり。倫敦(ロンドン)はなんと剣呑(けんのん)な所であろうか、大落ならば五度、小落ならばその数を知らず、石垣にぶつかって向脛(むかいすね)を創傷し、立木に突き当たって生爪を剥がし、ラベンダー・ヒルの坂道を疾風(はやて)の如く転がり、自転車は無理情死を逼(せま)る勢いで止まる景色がなく、板塀にぶつかって逆戻り、危うく巡査を轢(ひ)くところだったが、無暗(むやみ)に人を馬鹿にする婆さんの手前もあり、この戦はまだ降参する訳には行かない。

兎(と)に角(かく)、精魂尽き果てるまで自転車の練習が先なのだ。勿論、我武者羅(がむしゃら)な振舞いにも節度なるものがあろう。然(しか)り乍(なが)らこんな事では道を謬(あやま)る。明日から心を入れ換えて勉強専門の事が肝要と思う。しかし、思量はくるくる変転するようだが、音楽会に出向く位の寛裕(かんゆう)はなければならない心境の切実はあるにせよ、初めての事となれば好奇と憶劫(おっくう)との鬩(せめ)ぎ合い、どのような結論に逢着するか未決であるが、余の著述の熱心な若き読者には相済まないが、心境を遠望するに現今のところやはりこのグールド氏の演奏会には行かない公算が勝って居る。

ナツメさん、お席を用意しておきます——グレン・グールドが語る

あのナツメさんに今度の演奏会の話が伝わっているとは驚きです。なにしろ公式記録に残るはずもない、欠食児童のためのひっそりしたチャリティー・リサイタルですから。教会のチャリティー賛助関係者の縁でグレイグ氏に伝わったのでしょうか。

それにしても、『三角の世界』の作者のナツメさんが私のリサイタルにおいでになるとは、望外の喜びですし、時空を超えた奇特な配剤によるものとしか思えません。言うまでもなく、あの本は私にとって人生最高の一冊です。読めもしないのに、日本語の原書も所有していました。残念なことに、書き込みをしたアラン・ターニー訳の英語版はパリで盗難にあってしまったこともあり、どこに心惹(こころひ)かれ、何を感じ、何を考えたのか、もはや細かく復元はできませんが、青年画家のこんな

感慨を呟く一節など目を凝らして読んだと思うのですが、さてどうだったか。原文はこのようになっているはずだと伝え聞きました。

〈茫々たる薄墨色の世界を、幾条の銀箭が斜めに走る中を、ひたぶるに濡れて行くわれを、われならぬ人の姿と思へば、詩にもなる、句にも詠まれる。有体なる己れを忘れ尽して純客観に眼をつくる時、始めてわれは画中の人物として、自然の景物と美しき調和を保つ。〉

ここには「有体なる己れを忘れ尽して純客観に眼をつくる」こと、この超然たる第三者的な立場に「非人情」のエッセンスがあるのでしょうか。これをいかに内面化していくか……。いや、ちょっとお待ちください。何やら、身体が冷えてきた。

Achoo! Achoo! Achoo! アチュウ! アチュウ! アチュウ! はくしょん! はくしょん! はくしょん!

すみません。急に寒気がして。でも、くしゃみが出る程度なら、まだ深刻じゃありません。それにしても、皆さんよくシャツ一枚でいられますね。夏だから当然ですか。私の寒がりは有名みたいで、こうしてセーターを着ていても、寒いときがあります。ですから、マフラーを巻くことにします。握手なんか求められるのも実に苦手です。たまたま冷たい手なんかに触れると、背筋までぞくっとしますから。でも、演奏直前に洗面器のお湯で手を温めているのは、そうした理由よりも、手の硬直を緩めるためです。手袋をしたままピアノを弾いたことだってありますが、それは冷感のせいです。

何の話でしたっけ？　そう、リサイタルのことでした。失礼、ナツメさんは、いらっしゃるとはまだ決めていなかったのですよね。西洋古典音楽を愛好するお弟子のテラダ・トラヒコさんとはまだお知り合いになってはいないにせよ、演奏会にはご興味があるはずです。

プログラムですが、いくつかは考えています。ハイドンの後期ソナタ五九番、モーツァルトのソナタ一三番、ベートーヴェンの後期のソナタ三〇、三一、三二番とかですが、バッハはどうするか、どのみち気が変わるかもしれません。後半のプログラムがベートーヴェンになりますけど、演奏家にとって、三〇番作品一〇九は恐ろしいパッセージがあるので、楽しみになさってください。終楽章の第五変奏の途中に、六度を保ったまま瞬時に複雑な運指をしなければならない難所があって、この瞬間になるとどのピアニストもスリリングな演奏を余儀なくされ、ジョナサン・コット氏によるインタビュー『グレン・グールドは語る』でも述べましたが、燃えさかる納屋から救出される馬のようになり、恐怖が顔に出るのです。私はそこをどのような方法で克服したか、まあ、それはそれとして、この部分をカットして演奏するか、誰も持っていない自筆譜を知っているふりをして弾くか、小賢しい回避の方法も頭をかすめました。

でも、私が気まぐれな人間とは思わないでいただきたいのです。とりわけよく指摘される演奏上の内声部の強調は、決して恣意的なものではありません。もちろん私は内声部に焦点を合わせるのが楽しく、遊びとして実践するのも好きなのですが、これは構造上の要請です。上声部で起きていること以上に内声部を強調したくなるのは、そうした理由です。音楽の魅力は多声的な要素にあり、常にそうした複数の声の響きにあるものです。だからといって、私の悪名高い演奏中の鼻歌や歌声までポリフォニーに寄与しているなどとは決して思っていませんけど。ここで持ちだすのは場違いかもしれませんが、ナツメさんの『三角の世界』にも、多彩な声があって、主旋律ではない内声部のようなところに作品全体を充実させる固有の魅力がありはしませんか。最初のあたりのページに出てくる、菜の花畑の空を上昇していくヒバリと下降していくヒバリが十文字にすれちがいながら鳴き交わす声のシーンにだって、それを感じます。

ところで話は変わりますけど、ジョージ・セル事件に触れておられましたね。私としては「またそのことか」と苦笑してしまうのです。これも先のジョナサン・コット氏のインタビューの本で詳しく述べていますが、『タイム』誌がいい加減な情報を載せてから、各誌が次々と愚劣な内容に増幅させて報じました。私は冗談好きの人間ですが、この間違った逸話は実に気分が悪いです。しかし、真相が明らかになると、元の情報の発信源はジョージ・セル本人だったのです。謹厳厳格な指揮者が記者の求めに応じて、つい冗談でリップサービスをしてしまったのでしょう。これは皮肉にも、人生でよく遭遇するように、生真面目さの故に生じてしまう気遣いと愚行とも言えるでしょうか。

私もまた生真面目と言うか、誰かが指摘したように強迫的なパーソナリティーの人間かもしれません。でも、そうした気質とユーモア感覚が共存しているところが特徴かもしれません。断定はできませんが、ことによるとナツメさんも、そうしたパーソナリティーの持ち主ではありませんか。私の場合、扮装も好きなんですよ、ええ、そう、仮装です。実在の人物もあれば架空の人物になりきることもあります。口真似も得意ですし、声色を使って音楽を論じたり、パロディ的な文も書きました。「ピアノによるベートーヴェンの第五交響曲の架空批評四編」など、面白く書けているように感じていますが、どうでしょう。イギリスの『フォノグラム』誌、『ミュンヘン音楽協会報』、『ノース・ダコタ精神科医協会紀要』、『ブダペスト音楽労働者総同盟新聞』からの採録という趣向です。私の特技は、擬態や擬声、要するに腹話術なのだと思います。

私のリサイタル、いらっしゃるかどうか、まだわからないとのことですが、いちおうお席は用意しておきます。当日、気が向きましたらおいでください。先ほども申し上げたとおり、闘技場にも思える公開コンサートは、遠くない将来にドロップアウトする決意です。ロビーの受付でマネージャーのホンバーガーという者を呼び出してください。彼がご案内すると思います。ご留学中の身、もちろんご無理を重ねることは禁物です。

II

コンブさんのこと――Nが語る

西武線池袋駅の地下改札口を出て、山手線に向かう通路に、電光掲示板の柱があるでしょう？　そうそう、あそこだよ、それでね、五月の中頃だったかな、その柱の前に路上生活者らしい男が坐っていたんだ。ときどき見かける人で、年齢は還暦くらいかな、髪は切腹前の武士がちょんまげを解いたみたいで、それか修行僧が座禅を組んで瞑想をしている姿にも見えてね、雑踏の中なのに物静かな雰囲気をまとっている感じだったんだ。服装？　すすけた黒っぽい上着だけど、なんというか、コンブを体に巻いている様子にも見えたよ。垂れ下がった髪だって固まって板コンブみたいだったしね。で、そのコンブさんの脇を過ぎたとき、左脇に女性用の橙色のおしゃれな布製の買い物袋が置いてあってね、そこに単行本がのっかっているのに気づいたんだ。何の本かなって、いったん通り過ぎてから戻ることにして、もう一度後ろから近づいて確かめてみたわけ。

するとね、『図解・お金の増やし方』という、超実用本だったんだ。いや、著者までは判らないよ。金を増やすといったって、元手はあるのかな、とかいろいろ頭をよぎったけど、この取り合わせが何か微笑ましくて、コンブさん、願いが叶うといいよね、と言いたくなった。その本、買ったはずはなく、どこかの金もうけをあきらめた人が捨てたやつだろうけど、現実的に金を増やす手立てもないだろうに、そうした誰かの金儲けのあきらめを引き継いで、何か思うところがあったのかな。ことによると前向きな気分にさせるタイトルに、心惹かれるものがあったのかもしれないね。違うかな？

でも、それはともかく、コンブさんの坐っている柱の電光掲示板の宣伝が西武園遊園地の「昭和の熱気を浴びよう！」というキャッチコピーだったのさ。何だか、不思議な取り合わせのおかしさがあるよね。ついでに、その柱の横に回ったら、なんとこれが「すみっコぐらし展」という西武デパートの展覧会案内だったわけ。この取り合わせも実に面白くて、山手線に乗ってからも残像が浮かんで、妙な具合に気持ちが昂（たかぶ）っていたのだけれど、結局、何がそうさせたのかと考えると、切腹前の武士なのか、瞑想中の修行僧なのかはともかく、このコンブさんに、橙色の布袋と『図解・お金の増やし方』、「昭和の熱気を浴びよう」と「すみっコぐらし展」の電光掲示の宣伝が重なったことだろうな。イメージの偶然の付き合わせというか、偶発的な並列というか、そうしたことに心が騒いだのだと思う。まあ、そんな話なんだ。

かーやんは、こんな人だった――牧師Yが語る

何なの、今のコンブさんの話、それだけでおしまいかい？　あなたは作家でしょう？　ずいぶんのんきに生きているんだね。職業意識が足りないということもあるけど、なんだか、人間味に欠けてやしない？　どうしてそのコンブさんに、もっと生身の人間として関心を持たなかったの？　まず脇にしゃがむ。そしてそっと話しかけて、「おもしろそうな本を読んでますね」とか切り出して、これまでどこで何をしてきたか、いま何を考えているのか、何に困っているか、聞き出すんだよ。どのような人か、とても気になるでしょう？　勘違いされて、大声をあげられたら困る？　勘違いって、何をだい？　ああ、そういうこと。それなら、最初に本の上に千円札を置いて、「何かおいしいものでも食べてください」と言うんだ。金を目の前に突きつけちゃだめだよ、それは失礼と

いうもんです。「ここはいい場所ですね」とか肯定的に話し始めることが大切だよ。どういう人間か知りたいだろう？　何かとんでもない人生のドラマを持った人かもしれないじゃないか。とにかく、どのような人か、作家的な好奇心があるはずでしょう？　どうして話しかけなかったのかなー。だって、人生の大事な物語がふと覗くかもしれなかったのに。よくそれで小説なんか書いているね。言いすぎて悪いけど。えっ、何？　そうか、なるほど、そういうこと……。それは、それで、判らないこともないけど、小説家のタイプということになるのかな。つまり、さっきのイメージの取り合わせが、何か映像的な一つのシーンとして、ぴたっと決まったわけね。そこで完結したものを感じた。その先の物語は想像して、作り出せばいい、想像力を働かせることにこそ、小説を書く喜びを感じているということだね。実際に、話なんか聞いてしまうと、想像の妨げにさえなるかもしれないって、そう思っているのかな。違う？　そこまでは言えないか。はい、はい、わかりました。

この店、前にも来たよね。そう、そう、一時間も遅れちゃったときか。あそこの調理場の横にある従業員用の扉から入ってきて、びっくりさせたりして。ああ、ぼくもコーヒー、もう一杯お願いするよ。エスプレッソで。

話したこと、なかったっけ？　だいぶ前だけど、元ヤクザの流れ者と親しくなったことがあるんだ。知らない？　そうか、じゃ、少し長くなるけど、話すよ。

国分寺の教会にいたころの話なんだ。

ある日、帰ってくると、礼拝堂の裏庭でしゃがみ込んで、花を眺めている丸刈り男がいてね、座っていても肩をいからせ、只者（ただもの）ではない雰囲気があったんで、話しかけずに過ぎようとしたら、

「ここに犬がいたろう？　どうしたんだ」と後ろから声をかけてきた。たしかに前任の司祭の飼っていたビアデッドコリーがいたんだけど、痩せて野良犬みたいだった。

「あれは前の牧師が飼っていた犬で、もう退職していっしょに山形に引っ越しましたよ」

そう答えると、なんだか凄みのある目つきでこっちを睨（にら）むのさ。胸を衝かれたのは、顔に深い傷跡がたくさんあることだった。ふと前任者が言ったことを思い出したんだ。みすぼらしい犬に同情して、ときどきヤクザが立ち寄って頭を撫でていくけど、放っておけばすぐに立ち去るから、気にしなくていい。

「新しく越してきた人かい？」

男が聞いてきた。

「そうですよ」

と答えると意外なことを頼んできた。

「お願いがあるんだけど、いいかな？　あのさ、俺とね、ときどきでいいから静かに話をしてくれるかい？」

「いいですよ、静かに話をするのは得意だから。でも、どうして？」

「別に話があるわけじゃないけど、これまでさ、ずっと怒鳴ったり、怒鳴られたりすることばかりでね、もう、うんざりなんだよ、だからさ、静かな話にあこがれているんだ。おい、あんた、なんで笑うんだよ、ばかやろう」

「誤解しちゃだめだよ、人が笑うのは相手をばかにするときとはかぎらないからね、とてもうれしくなったから、自然と笑ったんだよ、そんなことも知らないんじゃ、そっちがばかやろうでしょう。とにかく、静かに話がしたくなったら、いつでもいらっしゃい、ほら、そこの牧師館に住んでいるから」

でも、それ以来、しばらく姿を見せなかった。後で知ったことだけど、男は四十八歳で、名前はカジキ・ミノル、漢字で書くと梶木実、親しくなってから、うちの家族たちは「かーやん」と呼ぶようになった。で、かーやんは九州の佐賀生まれなんだけど、関西のヤクザ集団に入って舎弟頭にまでなったところで、信用金庫の支店長の殺人未遂事件で服役したわけね、監獄から出てくると親分が死んでいて、組も分裂していたし、すっかり様相が変わっていた。四十歳になっていたらしいけど、それを機会に上京して建設現場の日雇いで働くようになった。ところが、すごく頭の回転が速いし、口達者で、相手の言葉尻を実にうまく捉えて、弱点を引っ張り出して追い詰める、なんというか脅しの天与の才があったんだ。建設現場の労働環境は過酷だから、いくらでも文句を言って、脅かす材料はあるしね。もちろん、何度もそんなことはやめて、ユニオンと一緒に正式に改善要求をしなくちゃだめだ、なんなら一緒に行ってあげるからと言ったけど、俺の仕事のやり方に文句をつけるなって怒るばかりで、顔の傷を指さしながら、こいつが脅しの便利な商売道具になっているって、自慢するんだよ。

えーと、どこまで話したっけ、そうそう、静かな話がしたければ、いつでもいらっしゃいと言ったけど、音沙汰(おとさた)なしで、現われたのは一カ月くらい過ぎてからかな。

「久しぶりだけど、どうしてたの？」

「ああ、山に行ってたんだよ」

「山？　そんな趣味があるんだね。富士山でも登った？」

「ちぇ、ばかいえ、山と言ったら、山谷に決まってるだろうが。世間知らずのセンセイだな」

「悪いことしてきたんじゃないだろうね」

「悪いこと？　ちぇ、何が悪いことか、ろくに考えたこともないくせに、そんなからかうような言い方、やめてほしいね。俺はさ、釜ヶ崎に詳しいから、山谷みたいなところは、慣れているんだ」

かーやんは、高校は中退だけど、子どものときから成績優秀で利発な生徒だったらしい。もう縁が切れて久しいけど、お姉さんが二人いて、姉妹とも進学校に進んで、大学も出たと聞いたけど、くわしいことは話したがらなかった。一度、正月にやってきて、代わりに上の姉さんのところに電話をしてくれって頼まれたことがあってね、用件は訪ねていっていいかということだったけど、ろくに話もしないうちに切られてしまった。次に下の姉のところにもかけたんだけど、本人が出た後、すぐに夫の声に代わって、怒鳴られてしまった。その様子をそばで見ていたかーやんは、やっぱりだめかって笑いだしてね。ところが、そのあと我が家でおせちと雑煮をご馳走したんだけど、終始黙ったままで、涙目で食べていたんだ。姿かっこうも、見るからに無宿者みたいだったから、ちょっと古いんだけど、マフラーとジャケットとコートをあげたら、いい正月だってはしゃいだりしてね。ついでに、風呂にも入っていった。

日曜の礼拝にも顔を出すようになって、いつも一番後ろの席で聞いていたんだけど、教会員たちが怖がって、誰も話しかけないし、「先生、どうして、あんな人を呼んだんですか」って、苦情も出たりした。でも、力仕事なんか積極的に手伝うし、ときどき当意即妙の冗談なんかも言うものだから、だんだん皆さんとなじんでよかったよ。なかなかの読書家で、教会の本棚からキリスト教の入門的な本から、カール・バルトの新書本まで借りていった。

でもね、こんなこともあったんだ。いつものとおりの日曜日、かーやんは一番後ろの席に座っていたわけね。すると献身的に働いている、すごく思いやりのある初老の女性教会員が、「さあ、さあ、ご遠慮なく前の方にお座りになってください、いっしょに参りましょう」と言って手を差しのべたとたん、「うるせえ、ここが俺の席だ」って大声を出したのさ。一瞬、女性もひるんだけど、

「あら、そうでしたね。ごめんなさい。余計なことを申し上げました。私は、少し耳が遠いもので、後ろだと聞こえづらいんじゃないかって、つい考えてしまうんです」と落ち着いて笑顔を返したのは、さすがだった。

　後でかーやんに、こう説明したんだ。

「あのかたは、わけあってお孫さんを引き取って、二人暮らしだったんだけど、そのお孫さん、一年前に事故で亡くなったんだ。でも、本当に思いやりのある方で、みんな、いつも助けられているんだよ」

「そうか、どなったりして、悪かった。今度謝っておくから、心配しないでくれ。でもさ、その程度の不幸な人間、俺の周りにはごろごろいたぜ」

「きみさ、何をばかなこと言ってるの。その程度って、どういうことだ」

「わかってるよ。わかってるから、そんなに怒るなよ」

　アパートの家賃も滞りがちだし、とにかく生活基盤の立て直しをしないとどうにもならないので、国分寺市役所へいっしょに出向き、生活困窮者の援助を頼んでみたんだ。幸いにも、福祉担当の若い役人がとても親切で、書類を整えてくれて、生活保護が受けられるようになってね、ちゃんとした生活ができるようになるなんて夢みたいだって、本人はとても感激していた。やれやれだったよ。

　前任者の飼い犬もかわいがっていたけど、こんなささくれだった男でも、とても動物好きで異変にすぐに気づくところがあった。我が家に、ポチっていう犬みたいな名前の猫がいたんだけど、あるとき様子がおかしいって言い張るんで、動物病院に連れて行ったんだ。そしたら、左脚の関節に水が溜まっていた。

　さっきの取り合わせの妙の話じゃないけど、想像すると面白くないかい？　犬みたいに見える猫を抱いた坊主頭の厳（いか）つい元ヤクザが、作務衣に草履をはいて先に立ち、後を牧師が従い、動物病院に小走りで向かう姿って、映像的にどう？　そう、普通か。まあ、いいや。

　こんなこともあった。夜の十二時ごろに帰ってくると、執務室に明かりがついていて、かーやんがぼくを待っていたみたいなんだ。

「どうした？　何かあったか？」って聞いたら、「何もないよ」とそっけなく言って部屋を出て行ったのさ。気になって、門のところまで見送ると、力ない声で、「おふくろ、俺のこと聞きに来なかったよな？」と言うのさ。

「えっ、お母さん？　来てないと思うよ。どうして？」

「そんなら、いいよ。忘れてくれ」

「見える予定があるの？」

「ばかいえ、そんなこと知ってるはずがないだろう」

「お母さまと会えるように、何か方法を考えてみようか？」

「くだらんこと考えるんじゃないよ、事情も知らんくせに、そんな芝居じみたこと、よく言えるな。あのよ、おれな、おふくろに会ったら、きっと首絞めて殺すかもしれんよ」

そんな物騒なことを言っているのに、剣呑(けんのん)な表情はなくて、薄明かりのなかで心なしか泣き顔だったように記憶している。

ぼくがいないときにもよく現われたりして、そういうときには必ず牧師館の玄関に座って、奥へ入ろうとしないんだ。理由の一つは、うちのやつが苦手でね、いつも生活習慣を改善しなくちゃだめだ、規則正しい生活をしなさい、お酒をひかえてきちんと食事をとりなさいって、健康チェックされるのをうるさがっていたんだ。アル中気味で赤ら顔だったから、言われるのも当然なんだけど、「センセイ、よくあんな口やかましい女と暮らしてるな、けっ」とか毒突いていたよ。玄関で娘たちにオセロゲームの相手をさせられたりしていたけど、子どもだから手加減せずに攻めるんで、たいていかーやんの負け、すると本気になって腹を立てるんだ。子どもたちはそれを面白がって、からかったりする。「このうちの女どもは、みんな気が強くて、ろくな家族じゃねえ、何とかしろよ」とか後で言われたりしてね。

どんな人も積極的に受け入れる方針だったから、教会には中国人、フィリピン人、スリランカ人、キリスト教徒に改宗したイラン人たちが集まってきたんだけど、かーやんは意外にそういう人たちと早くなじむところがあって、役割も増えてきたんだ。それはぼくにとってもなかなか嬉しいことだったね。相変わらず日曜の礼拝では、一番後ろの席で聞いているんだけど、めずらしく説教の感想を伝えてきたことがあった。

「センセイ、あのさ、話がくどいよ。はっきり言えば、わかりにくいぜ。知ってる？　誰も聞いちゃいないよ」

「そうか、まずいね。反省しないといけないね」

「反省して、どうにかなるもんじゃないだろうな。あのね、ムショを出るとき、朝礼で残った受刑者に挨拶をする行事があってな、前の日から原稿なんて念入りに用意するやつの話なんか、たいていだめだ。とてもくどくて聞いちゃいられねえよ。準備した話はたいてい長くて、まどろこしくて、人には伝わらん。その日その時のお天道さまのご機嫌、風の音、雨ならじっとり湿った空気とか、そうしたものを感じながら、心にさ、自然と浮かんでくることを話せばいいんじゃないの。その方が人に伝わるよ。気持ちをこめた短い話、ムショじゃ、そういうものが心を動かしたんだ。それって、どっか聖書に書いてないの？」

これにはまいったな。その通りと思ったからね。細々と準備しすぎた話は、確かにくどくなるし、聞く人の心に届かないことが多いからね。

そう忘れていた、かーやんが「おふくろは来たか」って聞いたときがあったでしょう、それから二カ月くらいたってから、平日の昼間なんだけど、母親が現われたんだ。教会の後の席でひっそり座っている白髪の老婦人がいてね、後から思い返すと不思議なんだけど、かーやんがいつも座る場所なのさ。何か怯える感じで身を縮めているんだ。

「こんにちは、お祈りにいらしたんですね、どうぞ続けてください。私はあの執務室の奥にいますから、何かお話があれば、ご遠慮なくいらしてください」

「はあ、それはどうも。おじゃましまして、すいません。あのー、お聞きしたいことがありまして。あのー、こちらに梶木実という者が、来ておりませんか？」

「はい、いらしていますよ。もしかしたら、梶木実さんのお母様ですか？」

「はっ、そうです。あのー、こんな時間にも来ますか？」

「ええ、いらっしゃるときもあります」

「じゃ、それは困るんで、もう失礼します」

「いいえ、大丈夫ですよ、牧師館の方に移りましょう。実さんが来たら裏口から帰ればいいですから」

母親の話は途中であちこちに飛んで、ときどき流れが摑めなくて混乱したけど、整理するとこんな具合だったかな。佐賀で暮らしていた郵便局員の夫とは死別し、それから関西、静岡、埼玉と移り住んだ。かーやんは、少年時代から乱暴者で、姉二人とも喧嘩が絶えなかった。実は、姉妹とは父親違いで、母として情けないことだが、かーやんの父親が誰か判らないという。息子がこの教会に来ているらしいという話は、長女から伝え聞いた。そう、話し忘れたけど、あの後から妻がね、長女にもう一度電話をかけたわけ。結果は同じさ、すごい剣幕で電話が切れた。でも、かーやんの消息は伝わったと思う。だから、母親が聞きつけて、現われたんだね。とにかく、「あの子は元気でいるか」って繰り返すのさ。「お会いになったら、いかがですか？　いくらでも間に立ちますよ」と言うと、血相を変えて、「それは、絶対にやめてほしい」と帰り支度を始める始末さ。わけを聞くと、そのはずだと思った。

「口だけで、あんたんこと、いっちゃん好いとー、なんて言っても通じません。暴れると、抑えようがなくて、こん、ふうけもんって、そしたら首は締めるし、殴るし、毎日がこんなです、しまいにゃ、あたしも頭がおかしくなって、そんで……、いーや、これは言えません」

「ええ、ご無理におっしゃらなくてもいいんですよ」

「はい、まあ、あのー、ご存じのように、あの子の顔、ひどい傷がたくさんありますでしょ。高一のときです、寝てる顔見てると、いろいろおそろしくなって、あんまりにも憎たらしくなって、こっちの頭もくるっておって、この私が包丁であの子の胸と顔を切りつけて……、はあ、この私が切りつけて、もう一緒に死のうと思ったんです」

「そう、そうだったのですか」

近所を巻き込む大騒ぎになり、母は警察に逮捕され、服役することになった。それからどうだったかな、刑務所に何年いたかは、覚えてないけど。

かーやんは住所不定の身になって、やがて関西一帯を縄張りにするヤクザの部屋住みになったんだ。それにしても、胸が痛んだのは、かーやんの顔の傷のこと。ヤクザ同士の抗争でやられたって、はっきり言っていたけど、母親に切られたなんて、一度も口にしたことはなかったよ。どういう母への思いからなんだろうね。

教会には気まぐれにやってくるんだけど、しばらく姿を見ないなって思っていると、交番で暴れて検挙されていたり、日中にふらりとやってきて、ちょうどこっちは電話で教区の上司とやり合っているときもあってね、あいつはじっとそばで聞いていたんだけど、後で険しい表情で言うのさ。

「なあ、センセイ、何かあったんだな。いつ会議に行くんだ？　もめ事なら俺に任せておけ。ちゃんと話をつけてやる。いっしょに行くぜ。忘れちゃいないだろうな、俺はトラブル解決のプロだからな」

「きみ、そういうことじゃないんだ。何を勘違いしているんだ」

かーやんは、もめ事が大好きで、口達者だし凄みのある風采だし、もめ事に介入する天与の才があると自負していたんだけど、まったく困った男だったよ。もめ事、それ行くぞ、俺の出番だと思っているんだから。しょせん、脅しで相手を屈服させるだけなんだから。

そう、こんな出来事もあった。テヘランで、イスラム教からキリスト教に改宗して日本に逃れてきたイラン人の青年ね、教会でサポートしていたんだけど、難民申請の交渉に横浜の入国管理事務所に同行することになったとき、かーやんが現われて、俺もついて行くと言い張るんだ。面倒臭い交渉だし、かえって煩わしいので、自分一人だけの方がいいって断ったら、邪魔はしないし、何事も勉強だから同行するって粘るんだ。このころ、ちょっと迷惑なところもあったんだけど、牧師の日常業務に妙に関心を持ちだしてね。コピーを揃えてくれる程度ならいいんだけど、かえって面倒なこともあった。このときもそうだったけど、仕方なくいっしょに行くことになった。

　案の定、役人はひどく横柄で、資料を見せながらいくら説明してもらちがあかない。そばで様子を見ているかーやんの怒りが爆発しそうでひやひやさ。結局、出直すことになって、入管近くのレストランで昼食をとることにした。テーブルに着くと、奥の方に詰襟の黒い服を着た連中が四人ばかり座っていてね、何やら相談しているのが見えた。すごい偶然なんだけど、教区の司教たちで、がりがりの保守派で女性司祭に反対している困った連中なんだ。

「また何か悪いこと相談してんだな」とぼくはぶつぶつ言いながら、かーやんを席に残して挨拶に行ったわけ。いきなりうるさいやつが意外なところで出現したものだから、お偉いさんたち、面くらって固まってしまってね。でも、この方々にすれば、もっと驚くことが起こったわけなんだ。かーやんが、すごい形相でやってきたのさ。

　実は、このとき初めてかーやんの、もめ事への介入の現場に立ち会ったけど、怖ろしい声の迫力で、こちらまで震え上がるほどでね、首を振りながら顔を突き出して、両肩もいからせながら左右に揺らして、怒声を浴びせるんだけど、何というか脅しの身体の所作が、これもまた怖いんだ。

「センセイさ、こんな連中にぺこぺこするなよ。てめらよ、ふざけんじゃねえ、このやろう、弱い外国人をいじめやがって、ぶっ殺してやる、表に出ろ」

まあ、そんな調子でね。偉い方たちの顔は恐怖で引きつっているし、ひどく焦ってしまった。かーやんは、外出用の司祭服を税関の制服と早とちりして、暴走してしまったんだ。とにかく、店員だってびっくりするし、大パニックだよ。

「何してんだ、この方々は、ぼくがお世話になっている司祭の皆さんだ、勘違いだよ」

ひたすら平身低頭、帰りはさすがにかーやんは、何もしゃべらず縮こまって、かわいそうだった。でもね、正直言って、ちょっと痛快な出来事だったな。でも、それが教区で問題になったんだ。国分寺の教会はヤクザを用心棒にして連れまわし、それと外国の犯罪者も集め、反社会的連中の巣窟になっているって。あまりに下らないから、笑って放置していたら、教会員の人たちが誤解への抗議文を書いてくれて、おかしなスキャンダルにはならなかった。

その一件から、しばらく、かーやんは物静かな人間になったけど、やっぱりだめで、すぐに元の脅し体質に戻ってしまうんだ。やっかいなもんだよ。

困るのは、昼となく夜となく、勝手気ままに教会にやってくることで、深夜に牧師館に来るのにはまいったよ。二時ごろに、酔っぱらって来たこともあってね。

「飲み屋でよ、けんかになってさ、話を聞いてもらおうって思ってな」

「何時だと思ってるの？　非常識もきわまるよ」

「けっ、常識ね。くだらねー。そんなもん、俺にあるわけないだろう。よく知ってんだろうが……」

この瞬間、思わず手が出て、かーやんの顔を張り飛ばしてしまった。怒りやら、くやしさやら、はがゆさやら、とにかく、いろんな感情が一つになって暴発したんだけど、でも、そのときはとっさのことで、何だかよく判らない。ただ、牧師という自己認識も役割も、あっけなく解除されてしまったことだけは確かだと思う。もちろん、かーやんから強烈な反撃を受けて、よりによって真夜中に教会の庭で取っ組み合いになったんだ。いずれはこうした対決の仕方をしなくちゃならないときが来るかもしれないいって、うすうす予感というか覚悟みたいなものはあったんだけど、暴力の当事者になってみると、動きの瞬間ごとに襲ってくる恐怖心は底知れないものがあった。

で、どうなったか？　格闘のさなか、妻の声が聞こえたんだよ。

「もう、そのへんでやめて。ねえ、やめなさいってば。警察を呼ぶわよ」

寝間着にガウンをはおって、男たちの狼藉（ろうぜき）を悠然と眺めていたのさ。

「だめだ、呼ぶな」

言われたこっちも、わざとらしいほど冷静になった。かーやんも「警察」の一言で我に返ったのか、「呼ぶな」に安堵の心情が動いたのか、急にしゃがみ込み、膝を抱えて坐った。

おかしなもんだね、かーやんの顔に張り手をした、その掌のざらついた感触がね、その後、いつまでも残って気分が悪いのさ。こんなことに苦しむなんて、まったく意外だった。

当のかーやんね、急に心を入れ換えたとまでは言えないけど、普段の日に教会へ来るときは、前もって電話を入れるようになったんだ。しかもますます牧師の仕事に関心を持つようになってね、何かにつけ手伝いたがるんだよ。

あれはいつだったか、今みたいな新緑が目に眩しい季節だったかな、新宿の病院に行く支度をしていたんだ。青年時代から熱心な信者さんで、北区の福祉施設で事務長をなさっている矢口さんという、まだ五十歳前の人なんだけど、末期癌でいよいよ天に召される時が近いと、家族の方から連絡があった。だから、お祈りに向かうところだったわけね。

夜の八時ごろになっていたかな。そばで様子を見ていたかーやんが、自分も一緒に行くと言いだしたのさ。厳粛な祈りの場所だし、何をするか予測ができない男だし、いくら何でもそれは困るわけね。どのような生き方をしてきた人で、どのような病状か説明をすると神妙な顔をして、いったんは「わかった」と言った。ところが、「邪魔にならないように、待合室で待っているから行く」というのね、それじゃ仕方ないと思って一緒に病院へ向かうことにしたんだ。

かーやんは、廊下のソファーに相変わらず神妙な顔つきで腰を下ろした。「じゃ、センセイ、行ってらっしゃい」なんて珍しく殊勝(しゅしょう)なことを言った。病室には夫人と高校生の一人息子さんが待っていて、青白く光るモニター画面の波形がやけに生々しかったのを覚えているよ。何度も経験してきた最後の祈りだけど、慣れることなんか一度もないし、ひどく緊張するんだ。祈りの最中、矢口さんは静かに眠っていたけど、呼びかけると耳が聞こえている感じがあった。

それから、ご家族にお礼を言われているときだったか、とんとんってドアにノックの音がしたんだ。無作法な音の響きから、すぐにあいつだってわかって、焦ってしまった。ドアが開き、狂暴そうな得体の知れない男が現われ、挨拶もせずに部屋を進んだ。三人ともあっけにとられている間、あいつはベッドの脇に膝をついて身を寄せ、たぶん入口にかかっていた名札を確かめたんだと思うけど、上ずったとぎれとぎれの声で呼びかけたんだ。

「ヤグチ、ケンジさん、こ、これまでの人生、ほ、ほんとに、ご苦労様でしたー」

そう言うなり、かーやんは矢口さんの手を握って一礼すると、私たちには無言のまま恥じ入るように部屋を飛び出していった。ご家族にお詫びして事情を話したところ、予想外の返事が返ってきた。

「びっくりしましたけど、ぼく、とても感動してしまいました」

「ええ、とてもお気持ちのまっすぐな、心のこもった言葉をかけていただきました」

後で聞いたことだけれど、前日に勤務先の理事長が見舞いに訪れて、「おや、まだ元気でいるんだね」と言ったというんだ。これは「なんだ、まだ生きているのか」という意味にも取れて、父は耳が聞こえていたはずなのに、無神経だと息子さんはひどく憤慨していたそうなんだ。

かーやんは、ぼくに叱られると思ったのか、一人で先に帰ってしまった。それどころか、しばらく教会にも来なかった。翌月、バザーがあって、ひょっこり手伝いに現われたのだけれど、病院での出来事には触れなかったし、ご家族が心打たれたという話も、あえて伝えなかった。

それから、知ってのとおり、家族そろってイギリスのダラムの教会に行くことが決まった。正式な発表の前に、かーやんには早めに伝えることにしたんだけど、どういう事態なのか、すぐに呑み込めない様子でうなずくだけで、「しばらく、イギリスに引っ越すことになった」と言い直したとたん、険しい顔でにらみつけるんだよ。

「そんなこと聞いちゃいないぞ」

「最近決まったことだし、それにこの話をするのは、あなたが最初だよ」

「いつ、また日本に戻るんだ？」

「たぶん、四年後かな」

「なに、四年間も行くのか。やめるわけにはいかないのか？」

「それは無理だよ。教区から託されたミッションだからね」

「わかった」

案外とあっさり納得したので、その時は安堵したのだけれど、顔を合すたびに「お偉いさんたちにさ、行きませんって、いつ返事するんだ」などと、よじれた言い方をする。また、しばらくすると、「おい、俺もイギリスに引っ越すことにしたよ。いっしょに行くぜ。いいな。役に立つぞ」と凄んだりね。それでも、出発が近づくにつれて、荷物のダンボール詰めとか、本の廃棄とか手伝ってくれた。そして、いよいよ別れの日が迫ったころ、こんな願い事を言ってきたのさ。

「センセイ、俺さ、イギリスに一緒に行くのは、もうあきらめたよ。その代わり、頼みがあるんだ。いいかな？」

「はい、ぼくにできることなら、何でも喜んでするよ」

「そうか、じゃ、頼むか。あのな、俺と一晩いっしょに寝てくれないか？」

「えっ、何？　それって、どういうことなの？」

「どういうことって、決まってるだろうが。いっしょに寝ながら、朝まで語りつくすんだよ」

「わかった、いいよ。そうしよう」

それで、家族に教会の執務室へ布団を二組運んでもらって、かーやんと一晩過ごすことになったわけなんだ。

何を話したか？　それが、かーやんの一方的な話でね、ほら、猫のポチね、壁紙がはがれたって、もっと自由に爪とぎさせた方がいいとか、タオルが置いてあると枕みたいにして寝る癖があるとか、前の司祭が飼っていたビアデッドコリーは、遠くからでも自分だとすぐ判って、いつも嬉しそうに待っていたとか、子どものときに仲良しだった近所の柴犬のテツとかいう犬の話とか、付き合ってきた歴代の犬猫の話題が続いてね、こちらはウトウトして、また目を覚ますと、まだ同じ話なんだよ。いい加減、眠気には勝てなくて、寝入ってしまったんだけど、朝早く起きると、もうかーやんはいなくて、寝具がきちんと折りたたんであった。これは刑務所で身についた習慣なんだろうね。それにしても、かーやんにとって、この一晩って、どんな意味があったのかね。結局、あの男に会ったのは、それが最後になったんだ。

ちょっと、トイレに行ってくるね。ああ、またそのことか、大丈夫だよ、最近は間違えないから。うっかり女性トイレにとびこんで、あわてて脱出する、それはね、スカートとズボンの表示が、判りにくいからいけないんだ。はい、はい、早く行きますよ。

無事に戻りました。それで何だっけ？　かーやんのその後ね。イギリスに行ってから、しばらく教会には来なくなったらしいんだけど、またひょっこり日曜礼拝に現われるようになったそうなんだ、ときどき新しい司祭から様子を聞いたわけなんだけどね。しかも、その年の暮れには、洗礼の相談を受けたっていうんだから、びっくりしたよ。でも、相談だけで話は進まなかった。自分のような牧師の立場で言うのも変なんだけど、それはね、どっちでもいいことじゃないかな。今にして思えば、かーやんは、そういうことに関係のない、何か世人を超えた強靭(きょうじん)な魂の持ち主だったような気もするんだ。生きていれば、どんな老人になったか、まったく想像もつかないな。

イギリス生活が一年になった夏の終わり、ちょうど夕食が済んだころ、国分寺の教会から連絡があってね、かーやんが亡くなったって。小さな川なのに、落ちて死んだというんだ。きっと、酒でも入っていたんじゃないか。そういえば、あの布団を並べていっしょに寝た夜にね、大阪にいたころ、川に落ちた猫を助けた話もしていたのを思い出すよ。ことによると、同じようなケースに出くわしたのかもしれない。

亡くなったって知らせを受けた夜、聖堂に入って、朝になるまで、かーやん、いや、梶木実さんのために祈りを捧げたんだ。

この狭苦しい場所、どこなんだい——猫のトロが語る

トロです。おぼえている？　ほら埼玉県の入間市のF家に飼われていたぶち猫のトロだよ。鼻筋を境目にして八の字に見える、縁起の良いハチワレ模様だった。毛も抜けてやせこけ、死にかかった子猫だったところを、多摩のK市の聖公会の牧師家族に拾われて、そのままいついた。人の手に触れられた経験がなかったものだから、はじめて司祭の小学二年生の娘に抱きあげられたときは、パニック状態になって腕にかみついたりもした。すぐに教会の皆さんともなじみが増え、楽しい日々が続いたよ。

ところが、三年目の夏、牧師一家はイギリスのダラムに四年も行くことになって、司祭の姉夫妻のところに引き取られた。このF家でありがたいことに長いこと大事にかわいがってくれ、少しで

も体調を崩すと、獣医さんのところにつれていってくれた。迷惑だったのは、このお宅には若い猫どもがすでに三匹もいて、こいつらが実にたちの悪いことだった。おれが寝ていると、その場所を取ろうと爪を立てるトラ猫がいた。他の場所に移ると、同じことを繰り返す。そうかと思うと、両目の上に眉毛みたいに黒毛のかたまりのある白いやつが、おれが朝のえさを食べて気持ち良く寝ていたら、横っ面にいきなりパンチを喰らわせてきた。おれはうなり声をあげて、眉毛野郎の喉元にかみついて引きずりまわした。それ以来、こいつもほかの二匹も恐れをなして近づかなくなった。ところが、この若い三匹、おれよりも早く次々とくたばってしまった。あんなやつらでも、いなくなると淋しかったよ。それから年ごとに動くのが面倒になって食欲も落ち、若い連中が死んで七年たったとき、いつもの寝床でおれの名前のとおりトロトロしていたら、静かに息絶えてしまった。

いや、いや、こんなことを話したいんじゃなかった。おれの今いるところが、どうもわけが判らないんだよ。猫仲間は一匹もいない。それどころか生き物もいない。いなくても、おれはぜんぜんかまわないけど、集まっているのが、実体があるのかないのか、何が何だか見当もつかないものばかりで、気持ち悪くてしかたない。生きているときから、秘密めいた場所はたくさん知っているし、たいてい心地良いところが多い。でも、いったいここは何なのか、ご多忙のところ申し訳ないが、司祭さんとそのお姉さんのご兄弟なら、教えていただけるかもしれないって思い、こうしてお聞きしているわけなんだ。いくらなんでも、こんなところに押しこめられちゃ、お先真っ暗だ。この今の場所が明るいというわけでもないけどね。

まわりを見ると、どうやら「とろ」と呼ぶものばかり集まっている感じだ。いくらトロという名の猫だったにしても、何の理由があってこんな窮屈なところに送られてしまったのか、まったく見当がつかない。

えっ、いま何て言った？　耳が遠いので、もっとはっきり声を出してほしいね。じ？　何だって？　おお、そういうこと！　ここは辞書のなかだってかい？　まわり？　だから「とろ」ばかりなんだ。さっき使った「とろとろ」もあるな。「吐露」とか「途路」、まぐろの「とろ」もあるな、一度だけ食べたことがあるけど、好みじゃなかった。それからこの「とろ」の意味は何なんだ？「食べ物屋の上り口に、繁盛しているように装って履物をわざと並べておくこと」だって。とても愉快だね。何だ、この言葉、作家でも知らないのか。もう死んじまった猫の立場で述べるのも差し出がましいけど、「装って」とか「わざと」なんていう、刺戟的な言葉を聞けば、心が騒いだり、頭がとろめいたりするはずだけれどね。

隣の項目には「登呂」もあるけど、遺跡がある地名だね。地名つながりだと、長瀞の「瀞」もおとなしく収まってるよ。水深があって川の流れが静かなところだそうだ。すこし先には、「とろい」とか「とろくさい」が見えるけど、誤解しないでほしいのだけど、おれの名前の由来じゃないからね。子猫のときに、トロトロ、トロリ、と眠ってばかりいたからつけられたのさ。「トロ」はトロッコの略で、夏目漱石さんが、「満韓ところどころ」で「トロ」にはじめて乗ったと書いているみたいだよ。もっと先に「とろっぺき」なんて言葉もあって、泥酔して正体をなくすことらしく、その漱石さんの猫の「吾輩」は、酒のかめに落ちて、溺死したんだっけね。そのうち、会えるかな。いや、でも、こんな狭苦しいところに閉じ込められちゃ、望み薄だ。

また、何か言った？　ああ、そうか、一番肝心なことが残っていた。おれがなぜこんな『明解大辞苑』などという辞書の項目に収容されているか？　えっ、この「トロ」とあるのがおれかい？「現今の人類の二一六種におよぶ言葉をマスターした、人類初のＡＩロボット猫の名前。画期的であったが誤作動も多く、商品化にいたらず、試作機のみで終わった」。これ、どういう意味だ？　ＡＩロボット猫？　おれがか？　まったく覚えがないぜ。辞典なのに完全な間違いじゃないか。どこで知った情報なんだろう。とにかく、おれとしては、こんなわけの判らないところに押し込められちゃ、ますます迷惑だ。

えっ、何かな？　もう一度言ってもらえる？　誰かがそのように「装って」「わざと」仕組んでいるのじゃないか？　そいつはいったい誰だい？　つまらんことするもんだ。まさか、あなたじゃないだろうね？

〈立入禁止〉プロジェクト――Nが語る

それで、この旅のこと、どこまで話したかな？　はい、そのエピソードからね。

「ビーハーイ」と背後から声が上がったので、「何のことですか？」って私がたずねると、三人の若者は声をそろえて、「〈立入禁止〉の表示のことです」と答え、顔を見合わせて笑った。

高松から小豆島に向かう船上で知り合った中国人留学生だ。名古屋の大学で日本語を学んでいるという。一人は女性で大学院生、二人は学部の男子学生で、三人とも親戚関係にあるらしい。

この夏に訪れた瀬戸内国際芸術祭のアート・サイトの一つに、小豆島土庄町の「迷路のまち」で、建築家・土井健史による〈立入禁止〉のプロジェクトがあって、日常的な意識の動きを、アート的な感覚に転換させる試みだった。案内冊子に、「立入禁止の看板を見て、何を想像しますか？　ここから、あなただけの妄想アート・妄想散歩が始まります」とある。街の方々に〈立入禁止〉の掲示が下がり、「あなた」がその意味を推測するわけだ。

小豆島で最初に訪れた場所、旧土庄町役場に〈立入禁止〉のプレートが掛かっている。指示通りに、窓から役場のなかを覗いてみた。はからずも私が引率する形になり、留学生たちも窓に顔を寄せた。

椅子は立ち上がったときのままの位置を残して横にずれ、パソコンのモニターが床に置かれ、机にはペン立て、定規など文具類が放置されている。壁には「土渕海峡横断証明は、こちら」という案内表示が貼ったままだ。「土渕海峡」とはギネスブックにも登録されている世界一狭い海峡で、最少幅九・九三メートル、十秒もあればたやすく渡れる。横断記念に役場で証明書をくれるというわけである。受付カウンターにウイルス感染防止のビニールカーテンが垂れているところを見ると、この場所が使われていたのは、遠い過去のことではない。

「どうしたんでしょう?」、「何が起こったのかな?」、「アートって、どこが?」と三人は口々に言う。

「それを想像して、物語を考えるのが、このプロジェクトのねらいなんですよ」と私は答えながら、ふたたび旧土庄町役場を覗いた。

どうやら築五十年の耐震上の問題で新庁舎に移ったらしいが、パンデミックに見舞われてすべてを放置し、慌ただしく立ち去った雰囲気がある。いたるところ埃だらけで、早くも廃墟の気配に満

料金受取人払郵便

綱島郵便局
承　認
2334

差出有効期間
2025年12月
31日まで
(切手不要)

郵便はがき

223-8790

神奈川県横浜市港北区新吉田東
1-77-17

水声社　行

御氏名（ふりがな）	性別 男・女	年齢 才
御住所（郵便番号）		
御職業	御専攻	
御購読の新聞・雑誌等		
御買上書店名	書店	県 市 区　町

読　者　カ　ー　ド

お求めの本のタイトル

お求めの動機

1. 新聞・雑誌等の広告をみて（掲載紙誌名　　　　　　　）
2. 書評を読んで（掲載紙誌名　　　　　　　）
3. 書店で実物をみて　　4. 人にすすめられて
5. ダイレクトメールを読んで　　6. その他（　　　　　　）

本書についてのご感想（内容、造本等）、編集部へのご意見、ご希望等

注文書（ご注文いただく場合のみ、書名と冊数をご記入下さい）

[書名]	[冊数]
	冊
	冊
	冊
	冊

e-mailで直接ご注文いただく場合は《eigyo-bu@suiseisha.net》へ、
ブッククラブについてのお問い合わせは《comet-bc@suiseisha.net》へ
ご連絡下さい。

ちている。一年ほど前まで町役場として機能していた人々の活動の空間が、瞬時に断ち切られ、荒廃の静寂に浸されている。私たちの日常の居住空間にしたところで、その場での生活を放棄するやいなや、廃墟化していくのだ。旧土庄町役場には、移転に伴う何か隠れたドラマがあるようだ。それを訪問者それぞれが想い描くところに、このプロジェクトのねらいがあるということなのだろう。

時間による腐蝕は思いのほか早い、と私はいま改めて思う。直島の「杉本博司ギャラリー」で入手した小さなカタログ『時の回廊』に記された杉本のこんなエピソードが脳裏をよぎった。

三十年ほど前のことになるが、杉本博司はオスカー・ワイルドの『ドリアン・グレイの肖像』から、虚像の思考が触発された。本人は老いずにその肖像が老醜していくという小説だ。写真家としての代表作「海景」シリーズを陽光のもとに晒(さら)し、その像が劣化の度を強め、老い、消えていく経過を見てみたいと杉本は願ったのだ。一九九四年、ベネッセハウス・ミュージアムのテラスのコンクリート壁に、「海景」シリーズ十四点を防水仕様のフレームへ封じ込め、白日のもとに展示した。

ところが、期待は裏切られる。写真プリントには何の変化もないのに、プラスチックフレームとマット紙が劣化してしまった。「わたしが魂を込め焼いた作品は今でも若々しく、私はというと、気がつくと老人になっていた」という、当初の願いを裏切る皮肉な事態に直面する。そして肉体は自分の作品を「縁取りする額縁」だったことに気づく。

およそ三十年、太陽光の照射時間のもたらす腐蝕の進度は、プラチナ・パラジウム・プリントの方が、プラスチックとマット紙よりも遅かったのだ。結果はともかく、自分の作品を劣化の果てに消滅させるといった、ある種の自傷的な試みに、私は興味を覚えつつも何やら落ち着かない痛ましい気分も揺れていた。

何の話だっけ？　そう、〈立入禁止〉のプロジェクトだった。

留学生たちは次の場所に移動し、旧役場のピロティの南側の枯山水を思わせる庭でたたずんでいる。足元に〈立入禁止〉のプレートが掛かり、端の欠けた灰色の陶板が放置され、アマビエにも、小動物が丸まっているようにも見える模様が彫られていた。奥の低木のなかには石碑が倒れ、庭の最も目立つところに真新しい記念碑が立ち、「雲仙南串山・島原南西部、移住記念、町木ウバメガシ」と記してある。寛永十四年（一六三七）の島原の乱で壊滅の危機に瀕した島原半島南西部の旧串山村に、小豆島から移住したことを追懐する碑なのだが、廃屋化が進む旧庁舎の傍らにあって、このまま放置はできないはずだが、移転の予定はあるのか判然としない。これらから何を想像するか。近くには、大阪城築城の残石の場所もある。

留学生たちとはしばらく同行した後、別行動をとることになったが、別れ際、私の説明を待っていた。「迷路のまち」に仕掛けられた〈立入禁止〉のアート・サイトは、「妄想アート・妄想散歩」としてそれぞれ宝探しに似た楽しさがある。しかし、私の場合とりたてて清新な驚きの物語が立ちあがることはなかった。ほとんど作り手があらかじめ見いだした面白さを追認しているにすぎなかったのである。

しかし、重要なことは、この〈立入禁止〉のコンセプトの現実的な適用ではないだろうか。自分の生活空間で、物語が誘い出されそうな場所に、〈立入禁止〉のプレートを下げてみる。すると不穏な空気がまといついてくるほどの面白さを生む「妄想アート」の場に変異するかもしれない。

「それで思い出しました」と大学院生が話を継いだ。「学生寮近くの空き地に、ドラム缶がぽつんとあるんですけど、誰かわかりませんが、木の枝を投げ込んで、生け花みたいに楽しむ人がいるみたいです。何でしょうね、あれ」

「あっ、あれか、桜の枝のときもありました」

「ドージュンファ！」

他の二人も口々に言った。

「何て言いました？　そのドージュ……」

と私が言いかけると、ふたたび大学院生が話を引き取った。

「ツツジです。すごく、にぎやかな色を集めて、それがびっくりするくらいドラム缶に合うんです。何でしょうね、あれ」

何でしょうかね？　私も頭の中でつぶやいた。同時に、東京のいつもの散歩コースが思い浮かび、どこかに〈立入禁止〉の表示を下げてみたくなった。

中国人留学生たちは、港の方向へ戻り食事処を見つけにいった。小豆島の土庄町の「迷路のまち」に仕掛けられた〈立入禁止〉のアート・サイトは十四カ所あるのだが、私はそのすべてを回ったわけではない。好奇心に促されて、炎天下の移動でも意外に疲労を覚えることはなかったものの、繰り返し言うようだが、私自身の裡でとりたてて新たな物語を喚起することもなかったからだ。作者による既定の驚きと発見をなぞっているだけのことで、その枠のなかでイメージを遊ばせているにすぎなかったのである。

他人がすでに面白さを見だしたもの、そこには完結感とまで述べてしまうのは言い過ぎかもしれないが、少なくとも行き止まりに近い閉じられた感覚がある。〈立入禁止〉のプレートが掛かっているところに佇み、その意味を追いつつ、新たな物語を思い描こうと想像力を振り絞る姿には、一瞬、滑稽な図柄も浮かびあがる。

プレートがあること自体、すでに面白さの発見があり、物語のインスピレーションが仕組まれている。それを助走にして、新たな想像を開始する、ある意味での啓発的運動にみずから恍けを装って付き合う愉楽もあり得るだろう。しかし、もっと心動くのは、この〈立入禁止〉のコンセプトの実践的な準用だろう。ことによると、この試みこそ企画したアーティストの思い願うことだったかもしれない。

例えば、街歩きのときに、〈立入禁止〉プレートを携えていくのだ（心中で）。実際、東京へ帰宅後、私の散歩にこのプロジェクトが加わった。

東京の郊外の埼玉との県境、住宅街に農地の点在する一画に、住民へ貸与されている区民農園があり、中央を貫く「緑の散歩道」と称する細い農道がいつもの散歩ルートだ。キャベツ、トウモロコシ、ジャガイモ、トマトなど、季節の折々に合わせ、それぞれの小さな菜園に作物が入り乱れる。花ばかり植えているものの、立ち枯れの目立つ農地もある。

「緑の散歩道」のなかほどまで進むと、小さな農具小屋があるのだが、その横に長いこと古自転車が放置されていた。トレックの決して安価ではないメーカーの製品だが、錆びは回っていないものの、タイヤの抜けた前輪はつぶれかかり、ハンドルも大きく歪んでいる。

ところが妙なことに、通りかかるたびにサドルに新しいビニール袋がかぶせてあるのだ。とても乗れるような状態ではない。よく観察すると、西武デパートと東武デパートの袋が交互にかかる。たまに、とんかつ屋の「さぼてん」の袋のこともある。放置自転車なのに、なぜ雨風を防ぐビニール袋を律義にかぶせ直していくのか。散歩のたびにしばらく様子を窺ったりしたが、とくに記すべき目撃譚はない。近くで畑仕事をしている若い夫婦に訊ねたこともある。

「この自転車、放置されたままなのに、サドルにいつも新しい袋がかぶせてあるんですけど、どうしてでしょうね」

二人は顔を見合わせ、少し間をおいて、男が首を傾げながら短く答えた。

「さあ、何でしょう。わかりませんね」

女のほうからは、不審そうな視線だけが返ってきた。

なぜこの人たちは気にならないのか。ことによると、私だけに見えている異変なのだろうか。

「何を想像しますか？　ここから、あなただけの妄想アート・妄想散歩が始まります」という小豆島の〈立入禁止〉の看板を思い起こした。この呼びかけに応じて、どのような物語を想像するか。たちまち古自転車の置かれた菜園が、私だけの未発のアート・サイトになった。

サドルに新しいビニール袋をかぶせる行為は、もちろん誰かが乗ることを前提にしている。ならば、何者か？　おそらく自転車の所有者を知っていた親しい人間だろう。ことによると、この自転車は事故の経歴があり、供養のように袋を替えに来るのだ。貸農園の入口で、忌まわしい出来事に遭遇したのかもしれない。そこでメモリアルな遺品として自転車を供え、賽物として新しいビニール袋を掛けていくというわけだ。では、供花でもして様子を見ようか。トレックが年配者の乗る自転車ではないことも気になる。当事者は若者だろうか。いや、何らかの事件や事故ならば、その証拠物として警察が押収するはずだ。

あるいは、変事とは関係のない事態で、故人がこの農園をこよなく愛していたので、往復に使った自転車を思い出の縁として、家族が置いているとか。自転車というものは前後からでも横からでも、よくよく見れば奇怪な形をしている。じっと見つめたりしていると、夢魔に誘われそうだ。呪物にだってなり得る。困った。サドルに新しいビニール袋がかぶせられる放置自転車などに取り憑かれてしまった。好奇心だけでは済まない。おかしな挙動に出かねない。現にそれが始まってしまった。花畑にしている他人の区画に入り込み、青いコスモスと終わりかけた紅、黄、白、紫の細めの花茎のダリアをむしり取り、自転車に供え、手を合わせた。

背後に人の気配が近づき、「ご不幸にあわれて、お気の毒でしたね」と声がした。おそるおそる振り向くと、どこにも人影がない。夕闇が広がりはじめ、トレックの自転車は鈍色に沈んでいる。

ふいに我に返り、いや、いや、もっと愉快な話がいいと気を取り直した。つまりこの廃棄自転車はまだ現役で、役割を変えて、農機具として使われているのだ。サドルにまたがり、ペダルを踏みこむと、後輪が新開発の農機を引っ張るのだ……。新たな農機って、どのような？　想像はここで行き止まり、空転する。どうあっても、〈立入禁止〉のプロジェクトは、未完の物語に行き着くのだ。

行方不明ブルース——元新聞記者Fが語る

人類の作り出した最高の発明品は何だと思います？

この質問は、笑いを誘う答えを期待したものでしょうか？　それならば、今の私は資格がないような気がします。仕事柄これまでいろいろな立場の人にインタビューをしてきましたが、ずいぶん前に同じ質問をあるベテラン映画俳優にしたことがあるのです。かなり大げさな質問で、前もって話の流れを相談しておかないと、相手は考えこんで沈黙が続くことになるだけでしょう。でも彼は大工の家に生まれて、椅子からオーディオ装置まで何でも自分で作ってしまうことが趣味だと聞いていたんで、いきなりその質問をしたわけです。

少し思案気な間をおいて、俳優はこう答えました。柔らかさと薄さを極めたさる男性用避妊用品と、繊細な噴水角度を持つ便器の女性用洗浄装置ですねって。これが漫才の芸人みたいな軽い口調で述べられたならば、いかにも受けねらいの下卑た笑いにしかならないでしょうけど、そのときの厳めしいほど落ち着いた、響きのよい低い声で、「柔らかさと薄さを極めた……」なんて言われると、全人類の発明史を冷静に見渡して得た結論として堂々と宣言する感じで、そのギャップ自体がおかしくて、微笑ましかったのです。

まあ、それで、こんな話をしてしまうと、私はこの先どのように質問に答えるか、えらく窮屈になってしまいますが、いまさら気にしても仕方ない。とにかく、続けましょう。

人類最高の画期的な発明品を挙げよと言われて、迷いなく答えられるものが私には二つあります。本と自転車です。では、私が最も愛着を持つ物は何か？　これも答えは同じになります。

ごく最近、たまたまこの二つのものが、まったく異なる場面とはいえ、行方不明事件の奇縁を結ぶ出来事があったのです。『自転車に乗って』という短篇アンソロジーをご存知ですか。自転車をテーマにした話を集めた本ですから、もちろん古書店への処分など考えたことはありません。夏目漱石から萩原朔太郎、小川未明、脚本家の北川悦吏子、精神医学者の中井久夫まで、二十七人の文章が入っています。

ところが、この『自転車に乗って』という本が、何やらタイトルを地で行くように、自転車をこいでどこかに出かけてしまったらしいのです。いくら探しても行方不明。人に貸した覚えはないし、アンソロジー類は本棚にまとめてあるので、すぐに見つかるはずだったのですがないのです。自転車愛のロック・シンガー忌野清志郎の文を確かめようと思いましてね。清志郎の「自転車ショー歌」など馴染みのない、ある若いサイクリストに紹介したかったのです。

同じ日の午前の出来事でした。中央公園に向かういつもの散歩ルートの高架道下の道で、杖をついた老婦人が自転車に見入っていました。まだ十分に現役感のある黄色のミニサイクルです。

「おたく様は、ごぞんじですか？　この自転車、もう何日もこのままなんですよ」

細いが品のある声でした。

「ああ、そうなんですか。まだ乗れそうですね。鍵がこわされていますけど」

「そうなんですか。じゃ、どうして捨てたのかしら」

ゴミ捨ての常習の場所らしく、「不法投棄は犯罪です」と大書した看板がありました。自転車はフランスのルノー製ですが、販売店のシールも登録票も見当たりません。わざわざ削り取るような面倒なことをしたのでしょうか。

「いえ、捨てたのじゃなくて、誰かが盗んで、ここに乗り捨てたんですよ。大事な自転車が行方不明になって、きっと持ち主は悲しんでいるでしょう」

「まあ、いやですね。この自転車も悲しんでいますよ。うちの息子は防犯連絡員をしているんで、話をしておきます」

黄色のミニサイクルが何か寂しげな孤影を放っていたのは、捨て犬の姿を感じさせるからだったかもしれません。

翌週の初め、自転車は消えました。安堵はしたものの、喪失感もあって、自分が預かってもよかったかもしれないという思いも、ふとかすめたりもしました。そのせいか自分の家の庭に、深夜ひっそりと置かれている夢までみたりしたのでした。

妙な符丁というべきか、自転車がどこかに運ばれた日に、『自転車に乗って』が戻っていることに気づきました。カーブを曲がりきれなかったときに似た、横倒しの自転車の格好で本棚に収まっていたのです。さっそく忌野清志郎の文を読んでみました。「自転車はブルースだ。クルマや観光バスではわからない。走る道すべてにブルースがあふれている。楽しくて、つらくて、かっこいい、憂うつで陽気で踊り出したくなるようなリズム」とあります。なるほど、サイクリングはブルースなのか……、私は心のうちで呟きながら右ページに視線を移すと、角田光代のエッセイ「これからは歩くのだ」と題する文の結びが載っています。

「きっと今後の私の人生に、自転車という乗り物は存在しないだろう」というただならぬ予告文です。友人を待って自転車に寄りかかっていただけなのに、近くを行く老人が転倒し、その責任の当事者にされて大騒ぎになった冤罪（えんざい）事件のエピソードが記されていました。この本には事故や盗難の話も目立ちます。私はちょっとブルーな気分をひきずり、「これからは歩くか」とあらたな呟きをもらしたのです。

しかし、この後の話もあるのです。さらに数日して、同じ場所を通りかかると、またミニサイクルが放置してありました。遠くから見ると黄色なので、一瞬、あの自転車のミステリーじみた謎の帰還を想像しましたが、形は似ているけどベージュ色でプロブロス製です。やはり持ち主の登録票は読み取れず、しかも前輪の空気が抜け、やや歪みも出ていました。前の自転車と異なり、盗難ではなく廃棄したものだと思います。修理は可能な傷み方でした。とにかくよく似たミニサイクルの不可解な出現に遭遇しても、自転車好きの私としてはこの偶然を愉快に思う余裕はありました。

ところがその日の夕方、パソコン脇の台に積み上げた本の頂上を見ると新たに『自転車に乗って』が置かれ、しかも黄色の付箋がたくさん貼ってありました。どう見ても自分の持ち物とは思えなかったのです。

いったいどこから紛れ込んできたのか。何かが行方知れずになってしまう出来事は不安を掻き立てるけど、見知らぬ何かがいつの間にかこつぜんと現われたりしてしまう、そうした増殖の変事の方が気味悪いし、不安と恐怖を呼び寄せるような気がしますが、どうでしょうか？

この客、どこまで運ぶのか――個人タクシーの運転手Cが語る

それ、だいぶ前にも聞かれたことがあるな。いちばん遠くまで運んだ客のこと。山梨の白州ですかね。成城から乗ってきた人で、夜中の一時くらいだったか、本人に確かめたわけじゃないですけど、サントリーの社員か関係者だったと思います。で、はい、片道でした。荷物はアタッシュケースだけ。大事そうに脇にかかえていました。こっちも、そんな時間に山梨まで何の用事か気になるんで、あれこれ話しかけてみるんですが、「ああ」とか「うん」とか言うだけで、ずっと黙ったままでしたよ。

深夜なんで二時間少しで着きましたが、工場のゲートで、守衛室から出てきた警備員が丁寧にお辞儀をしていたんで、きっとお偉いさんだったんじゃないかな。料金ですか？　で、はい、だいた

い八万円くらい、帰りの料金と中央自動車道の高速料金を含めて、二十万よこしましたよ。そんな運のいい仕事は、めったにありゃしません。振り返って座席を見たら、黒いポシェットを置き忘れてあるんで、守衛室に届けたんですが、中身を確認すると、スパナとかドライバーとか工具が詰まっていました。さあ、何でしょうね。どういうことか？　聞かれても、私にはわかりません。

で、はい、新潟の長岡まで往復したこともありますよ。四年前です。ええ、往復です。やっぱり夜の遅い時間でした。いや、でもこれはあまり言いたくないことですけどね。お客さん、何のお仕事？　ああ、そうですか。私などガキの頃から、作文なんて大の苦手だったんで、尊敬しますね。そういえば、脚本家を乗せたことがあります。で、はい、目白通りを通って池袋の芸術劇場まで行ったんですが、ずっとぶつぶつセリフの確認しているらしくて、気になって仕方なかったですよ。いきなり後ろの席から、「おい、きさま、地獄の沙汰を待つがよい」なんていう声が飛んでくるんですからね。で、はい、それでしたら長岡往復のこと、お話ししますよ。

六本木から乗った三十前後の若い女性でした。ドアを開けたとたん、まだ席に座らないうちに、きつい香水の匂いが車中に広がってね、タクシーやってて、こいつが大嫌いで、気分が悪くなってくるんです。当人が降りた後もなかなか消えなくて、嫌う客も多いんですよ。で、はい、乗ったとたん、悪いけど降りる、これじゃ女房にどこかで浮気でもしたかと疑われるからさ、なんて言ったサラリーマンもいました。で、ともかく最後の客だし、ショートカットの似合う女優さんみたいな美人だし、長距離なんで効率よく稼げるし、元気に関越道を新潟に向かったわけです。途中、赤城高原でガスの補給をして、トイレ休憩した以外は走りっぱなし。

で、はい、何の用事があるんですって聞いたら、こっちはすらすらよくしゃべる客で、男に会いに行くって説明するんだけど、どうしても一言伝えたいことがあるということでね。へー、一言だけ話すために、わざわざタクシーで何万円も使って、東京から長岡まで行くんですかって聞いたら、あら、いくらくらいかかるの、うんと高いかしらって、のんきな質問しやがるんだ、片道十万円はしますよ、往復料金をいただくので二十万チョイかなって答えたら、あらそうなのって、あっさり言うんだ。で、はい、何か、ちょっと嫌な予感がしましたよ。運転手さん、夜明け前に着けますかってたずねるから、どうかな、でも何とか着けるでしょうって言ったら、そうなの、お日さまとの競争ねって、妙な事を言うのさ。こっちも訳がわからなくなって、むっつりしてるのも気まずいんで、こんな時間にタクシーで好きな人に会いに行くなんて、愛の力は偉大ですねとか、くだらないお愛想を言ってしまいまして。ああ、いやだねー。口にしたとたん、背中がざわざわするほど恥ずかしくなりましたよ。女ですか？　間延びした甲高い変な笑い声を上げてから、あれも愛これも愛って、古い歌謡曲の歌詞みたいなことを呟くんです。

で、はい、高速を下りて長岡市内に入ってから、土地勘はある人で、あれこれ指示があって、山本五十六の記念館の前を過ぎたあたりで止めました。予想外に早く、なんと二時半に着きました。

そうしたら、また東京に戻りたいんで、近くのセブンイレブンの駐車場で三十分ほど待っていてほしいと頼んできたんです。それならお客さん、新幹線の一番列車で帰る方が安いですよと言ったら、こっちの助言なんか聞いていなくて、八万円だけ寄こしました。あとは東京に着いてからまとめて払うと言うんです。これじゃ料金不足ですから、仕方なく仮眠をして待ってました。

で、はい、どのくらいしてからかな、たぶん三十分もたってないくらいに戻って来たんですけど、様子が一変していたんです。とんがったみたいな硬い表情で、恐い顔つきで外を見ていました。で、はい、後ろから緊張した空気が首筋あたりに迫ってきて、おかげで眠気が抜けて、猛スピードで東京を目指しました。

で、はい、埼玉の三芳パーキングエリアに辿り着いたとき、まだ夜明け前でした。そしたら、なるべく端の車のいないところに止めてくれと女は注文するんです。それから、何を言ったと思います？　実はさっき渡したお金の他に残りは七千円しかない。どうしたらいいかしらって聞くんです。カードでいいですよ、それか銀行カードがあれば、ここのATMで下ろしたらどうですか、と言いました。そうしたら、一カ月前に全部失効になったそうなんです。わざとらしく悲しそうな囁き声を作ったりして。それ、嘘でしょう、無賃乗車じゃ困りますよって怒ったら、それには答えずに、で、はい、何か雰囲気が怪しくなって、運転手さん、ご相談です、残りのタクシー代の支払いだけど、今から私のこと好きなように抱いて、それに代えてもらえない？　なんなら近くのホテルに寄ってもいいし、とおかしな交渉を持ちかけてきたんですよ。

　私は腹が立って怒鳴りました。何をバカなこと言ってるんだ、そんなことできるはずないだろう。女は勘違いしたみたいです。だいじょうぶ、できるよ、六十九歳から七十五歳になるまで付き合った人がいるけど、元気いっぱいだったから。そう言って、女は、プロ野球の元監督の実名を口にしたんですよ。誰かって、いや、いや、お客さん、それはだめです、言えませんよ。で、はい、気分は悪いし運賃なんかどうでもよくなって、所沢の出口で高速を下りて、武蔵野線の新座で女を降ろしました。損はするし、くたびれるし、まったくひどい仕事でしたよ。

　で、はい、この話はここで終わらないんです。えっ、本当ですか、お客さん、この先、どうなったかわかる？　へー、じゃ、言ってみてください。ああ、なるほど、はい、そうですか、それから？　なるほど、驚きです。かなり合ってますよ、大したもんだ。ただ、もう少し付け加えると、女はタクシーに乗る前に、六本木のコンビニで現金を引き出しているんです。それと、朝に自宅近くの銀行からも下ろしています。その伝票の記録で、東京にいたというアリバイにしようとしたんですね。でも、昔ならともかく、今じゃだめですよ。監視カメラで追跡すれば、すぐわかりますから。私は見ませんでしたが、新聞にも出たようです。で、はい、殺されたのは、国会議員秘書でした。この事件、ご存じないですか。二日目の昼、私のところにも警察がやってきて事情を聞かれ、車が押収されたのですが、一泊で戻ってきました。そう、そう、よくわかりましたね、決め手はまだ残っていた香水の匂いだったみたいです。

えっ、何ですか？　お客さん、そんな言い方はないでしょう、いくらなんでも、作り話のわけないですよ、ほかの運転手から聞いた話でもないですよ。もっと別の話はないか？　この期に及んで、欲深い人だな。まったく、あきれて笑っちゃうよ。

で、はい、いちばん遠くまで運んだ客となりゃ、こういうことがありましたよ。私がまだ品川のタクシー会社にいたころです。最初にはっきり言っておきますが、作り話じゃないですからね。

秋の夕方で、武蔵小山あたりだったか、落語家が着るような白っぽい和服姿の、還暦を過ぎたくらいに見える男が乗ってきて、山手通りを北に向かってくれというんです。北ってどこまでですかって聞くと、行けば判るから、とにかくまっすぐ走ってくれとせかすんです。こういう客、困るんですよ。地名くらい教えてもらわないと、左車線を走っていて、そこで右折してくれって、急に命令されてもね。で、はい、この人、行けば判るって言ったくせに、ずっと瞑想状態で外なんか見てやしない。酒を飲んだ感じでもない。それでも、中野坂上の交差点に近づくと、左折して三番目の信号を右に曲がって宝仙寺に進んでくれって、細いけどよく響く声がしました。左折信号を待つ間、ちらっと後ろを覗くと、気分でも悪くなったのか、後部座席に体を延ばして横になっていました。お客さん、大丈夫ですかって呼びかけたんですが、返事はありません。

で、はい、宝仙寺の会堂前で停車したとたん、五、六人の男と女性が二人ほど走り寄ってきて、来た、来た、やっと到着だ、と叫んで男を座席から抱き上げたんです。中年の女性が私に、ご苦労さまって、一万円札を寄こしました。よかった、よかった、間に合ったな、と男の一人が安堵の声を上げると、棺おけに肝心なご遺体がいなくちゃ、通夜もへったくれもないすよ、と別の誰かが叫んでました。はい、ですから、私はこの客を武蔵小山から、はるばるあの世に運んだわけですよ。で、はい、お客さん、これ、作り話じゃないですよ。笑うのは勝手ですが。おっと、すいません、話に夢中で外環道の出口、うっかり過ぎてしまいました。三郷で引き返します。その分の料金は引きますから。行き先は草加市でよかったんですよね、市内に入ったらちゃんと教えてください。もしもし、お客さん、いいですね？　えっ、とにかくまっすぐ走ってくれって、それどういうことですか？　行けばわかる？　冗談はやめてくださいい、何やってんですか、変なかっこうしないでくださいよ、まったく、縁起でもない。

明日の天気が気になるぜ――沖縄名護湾の男二人が語る

沖縄のM大学でのレクチャーを翌日に控え、Nは初冬の午後の海岸を散策中だった。北部の名護湾、浜辺に木々の密集した小山があり、近づくと「大瀬原龍神社」と立札が立っているものの、社らしきものは見当たらない。藪の暗がりを覗くと、黒猫が置物のように動かずにいた。神社を右へ回り込むと、名護湾を見渡す草地に二人の男が坐り、やりとりが聞こえてきた。その姿は何やらベケットの『ゴドーを待ちながら』のウラジーミルとエストラゴンを思わせるものがあった。

二人の話はウチナーグチ（沖縄語／琉球語）ではなく、標準語だった。この「標準」の意味に、Nはかねてより居心地の悪さを感じているので、「自分に理解できる程度の表現」と、あえて曖昧にしておく。二人の会話は、相手の言葉に応じるような、応じないような、意味のつながるような、外れるような、ちぐはぐな調子で進んだ。私は背後の草原に腰を下ろし、この名護湾のウラジーミルとエストラゴンの遣り取りを書きとめた。

やがてこちらの様子に気づいた気配があったので、Nは立ち上がり、同じ順路で木々の茂みに囲まれた「大瀬原龍神社」の右から大きく回り込み、名護湾を見渡す草地に戻ろうとした。ところがその途中、午後の遅い太陽の位置のはずなのに、なぜか東の方から陽ざしをあびた。方位感覚にマジックが生じたのか、海を臨む遠くのホテルの建物も背後から射す光に浮き立っているように見えた。潮風も逆光の粒子を運び、肌を撫で過ぎていく。

二人の男は陽ざしに身をさらしたまま、相変わらず同じ場所で同じように大声で話をしている。一人は青の地につる草をあしらったカリユシを着ている。七十歳くらい（Aとする）。もう一人の男はポロシャツを着て、首にタオルを巻き、つばの狭い麦藁帽をかぶっている。六十代半ばくらい（Bとする）。

どのような判断によるものか判らないが、二人の男の遣り取りは前と異なり、ウチナーグチに切り替わっていた。Nは先と同じあたりの草地に坐って、ふたたび男たちの話に耳を傾けた。ところどころに意味の推測できる言葉が耳に飛び込んでくるものの、ほとんど理解できない。それでも粘りつきつつも弾むような会話に心惹かれて、Nは音声をスマホに記録しておいた。

この音声記録をM大学で長く学長を務めた本部町生まれのY氏にテクスト化してもらうことになった。Y氏のネイティブならではの言語感覚を得て、まるで沖縄の空気をたっぷり呼吸しているかのような会話が浮かび上がった。それをさらに氏の助言を受けながら「標準語」への変換を試みた。結果、驚いたことに、最初にNが彼らの話を書きとったものと実によく似たやりとりが出現したのである。まるで二人の役者が同じ台本を地声と声色とに分けて演じたかのようだった。ことによると、似たように感じたのは、Nの脳髄に逆光のマジックが残っていたせいかもしれない。いや、それはどうなのか、おそらく本人にも判然としないことであろう。

沖縄名護湾の男二人が、かく語る。

A　我んねぇ、明日や如何なとぅが、わからんやぁ。朝起きてぃ見ちゃれー、あいっ、何なとーが、我んねー死んでるさーみたいに、なってるかもわからんやー。
〈おれなんか、明日になりゃ、どうなっているか、わかったもんじゃねえよ。朝起きてみたら、おっ、何だおれ、死んでるじゃねえか、なんていうことだってあるかもしれねえ。〉

B　やくとぅ、うりが何やが。何処にんあいる話どぅやる。誰やてぃん、後からどぅわかいる、先にうりがわかいる者ぬ居がやー。聞ちゃるくとぅやねーらん。

〈だから、どうだっていうんだよ。よくある話じゃねえかい。誰だって、みんな、後から気づくんだよ。先に気づくやつのことなんか、聞いたことはねえさ。〉

A　うんな話やあらん。明日(あちゃー)ぬくとぅよー。明日(あちゃー)やどうなりますかねーんでぃる話どぅやる。

〈そんなことが言いたいんじゃないぜ。明日のことよ、明日はどうなるかだよ。〉

B　バカタレ、我(わ)んねー、明日(あちゃー)や関係ねーん、昨日(ちぬー)ん何(ぬー)がさら、覚(うび)てーうらん。

〈ばかいえ、おれなんか、明日なんか関係ねえ、昨日だって、何がどうしたかわからねえくらいだ。〉

A　昨日(ちぬー)ぬ事(くとぅ)なんか、なんで、どうでもいいさー。昨日(ちぬー)や、過ぎてぃ行んじゃーい、何処(まー)にん無(ねー)らんなとーんど。明日(あちゃー)よ、うぬ明日(あちゃー)が、困(くま)いむんやんやー。明日や如何(ちゃー)がないら、じぇんじぇんわからん。

〈昨日なんか、どうでもいいじゃねえかよ。昨日なんか、もう過ぎてどこにもありゃしねーんだから、どうでもいいじゃねえか。明日よ、明日というやつが、困るのよ。どうなるか、わかったもんじゃねー。〉

B　くだらん悩(うむやみ)だね？　あんた、昨日(ちぬー)や、何処(まー)にん無(ねー)んでぃ言いたんやー。昨日(ちぬー)ぬ無(ねー)らんでー、明日(あちゃー)ん無(ねー)らんど。まちがとーみ？

〈くだらねえ、悩みだな。あのよ、あんた、昨日なんか、もうどこにもありゃしねえって、言ったな。昨日がねえなら、明日だって、ねえだろうが。違うか。〉

A　狂(ふ)り物言(むぬ)いし、天気予報見(てんきよほうん)ちんでぃ。昨日(ちぬー)ぬ天気(うわあーちち)ぬくとぅや何処(まー)にん無(ねー)らんど。昨日(ちぬー)ぬくとぅや、どうでもいいわけ。昨日(ちぬー)ぬ天気ぬくとぅまでぃ気にする者(むん)やうらんさ。明日(あちゃー)ぬ天気や如何(ちゃー)ないが、うぬ心配(しわ)どぅやる。うりと同(ゆぬむん)じやさ。

〈ばかいえ、天気予報、見てみろ、昨日の天気のことなんか言ってねえだろう。昨日なんか、どうだっていいさ、明日の天気がどうなるかだ、昨日の天気なんか、わざわざ気にするやつはいないよ。心配なのは明日の天気だろうが。それと同じよ。〉

B　いゃーよー、フラー物言いし。天気や無(ねー)んてぃんしむん。無(ねー)んなてぃん、我(わ)んねー、じぇんじぇん困(くま)らん。

〈あんた、くだらねえこと言うな。天気なんか、どうだっていいさ。天気なんか、なくなったって

いいくれえだ。なくたって、おれはぜんぜん困らねえ。〉

A　フリ物言いやすなけー。無んてぃん済むしや、天気やあらん、いゃー頭ぬ中身どぅやる。第一によ、なぁ終わたるむんや、終わたるむん、終わたるむんや、なぁ何処にん無らん。うぬ理屈や、いゃー頭やてぃんわかいらや？

〈ばかいえ、なくていいのは、天気じゃねえ。お前の頭の中身だ。第一よ、もう終わっちまったものは、終わっちまったわけで、終わっちまったものは、もうないんだ。そういう理屈ぐらい、わかるだろう、その頭でもな。〉

B　あい、そうねぇ、理屈使てぃちゅーさや。あんやれー、あね、聞ちゅしが、いゃーや、埼玉ぬ工場んじ働ちょーたる時ぬ、あぬ昔ぬ女ぬくとうや気にならんな？　あんすしぇーましやたん、かんすしぇーましやたん、あねーあらん、くれーあらんでぃち、過ぎたるくとう、肝痛みーすらや？　やしが、なぁ、いゃーハゴー趣味やれー、大概ぬ女やバイバイすんやー。シャワー入らんけー、いゃー臭さる胴ぬ嗅しー欲さん、と言ったってねー。あきさみよぉ、よくも二年も続いたねぇ。

〈おう、そうか、理屈でくるか。なら、きくけどさ、あんた、埼玉の工場で働いていたときの、あの昔の女のことは気にならねえのか？　ああすりゃ、よかった、こうすりゃ、よかったって、あーだ、こーだって、過ぎたこと、くよくよするだろう。でも、まあ、あんたの気持ち悪い趣味じゃ、たいていの女はバイバイしたくなるさ。シャワー浴びるな、くさい体の臭いを嗅ぐのが好きなんだよなんて、言っちゃったらよ。よくもまあ、それで二年も続いたもんだ。〉

A　バカ小ひゃー、つまらん話やすなけー。二年あらん、三年やたん。女とーじぇんじぇん縁ぬ無ん奴や黙とーけー。

〈ばかいえ、つまらん話を持ちだしやがって、まったくよ。二年じゃなくて三年だ。お前みたいに女とぜんぜん縁がなかったやつに言われたくないね。〉

B　バカタレ、くぬ、穢り爺いが。じぇんじぇん無たんというわけではないよ。両手ぬ指ぬあたいや、ゐナグや居たんど。

〈ばかたれ、このくそじじい、ぜんぜんなかったというわけじゃないぜ、両手の指の数くらいは、あらーな。〉

A　いゃーん、爺いやあらに。早く後生んかい行けー。両　手ぬ指？　見栄張とうさや。なぁ、女ぬ話や済むん。我ん肝にかかとーるむぬや、明日ぬ天気。

〈おまえだって、じじいだろうが。くたばりそこないめ。両手の指だってか？　まあ、見栄はいくらでも張れるさ。でも、まあ、いいよ、女の話なんて、もうどうだっていい。明日の天気の方が気になるぜ。〉

B　明日、あちゃーし、いゃーやかしまさぬ。放(はな)ん投ぎとーてぃん、あちゃーやあまから勝手(なんくる)来(ちゅー)ん。放(は)ん投ぎとーけー。くれー、気張(ちば)てぃ待っちゅるむんやあらん。ありくり心配(しわ)するむのーあらん。

〈あした、あしたって、うるさいやつだな。ほっておいたって、あしたっていうやつは、向こうから勝手に来るんだから、ほっておけばいいんだ。わざわざ気を張って待ちかまえていたり、どうなるか、あれこれ心配することじゃねえだろうが。〉

A　いゃーや、ノー天気な者(むん)、気楽やんやー。頭(ちぶる)ぬ中や、雲一(くむてぃーち)ん無(ねー)らん、空っぽぬ晴り、ハリ、ハリどぅやくとぅやぁ。いゃぁ如(ぐとう)るむんが、あちゃーぬ天気(うわーちち)ぬ心配(しわ)せーからー、ティーダん驚(うどぅる)ち、あきさみよー！　屁放(ひーひー)んてーひゃー！

〈おまえみたいにノー天気なやつは、気楽でいいよな。なにしろ、頭のなかはいつだって雲一つねえ、空っぽの晴れ、晴れ、晴れだもんな。考えてみりゃ、そんなやつが明日の天気なんか心配した

ら、おてんとうさまもびっくりして、屁こくぜ。〉

B　あいっ、何がやら、我んねー褒らったんねーすっさー。ティーダぬ屁放んでぃせー、如何ねーるむんやが。面白い！　あんやれー、我んにん明日ぬ天気ぬしわすんどー。

〈おう、何かほめられた感じがするけど、そうなのか？　おてんとうさまの屁がどんなもんか、ぜひ知りたいぜ。おもしれーじゃねえか、そんならよ、おれも明日の天気、どうなるか気にしてみるか。〉

A　…………

B　いぇー、何やが？

〈おい、どうしたい？〉

A　あまんかい座ち、ペットボトルぬ水飲どーる奴よー、あれーきっさから我たー話聞ち、何がやらブツブツ言ちょーねーらに？

〈あそこに坐って、いまペットボトルの水飲んでるやつな、さっきからおれたちの話を聞いて、ぶ

つぶつ何か言ってないか？〉

B　あれー、「ゆがふいん」かい泊（とぅ）まとーる客（ちゃく）やるはじ。

〈ああ、「ゆがふいん」に泊まってる客だろうよ。〉

A　うんなくとぅや済（し）むん。あれー、我（わっ）たーんかい何（ぬー）言ちょーたが？

〈そんなことはどうでもいいぜ。ぶつぶつおれたちに何を言ってたんだ、あいつは。〉

B　明日（あちゃー）、昨日（ちぬー）ぬ事（くとぅ）やあらん、今日（ちゅー）ぬくとぅや如何（ちゃー）なとーがんでぃ、言わんちゃったか？

〈明日とか、昨日とかじゃなくて、今日のことはどうなんだ、とか聞こえたぜ。〉

A　何（ぬー）が、いゃーやわかとーてーさや？

〈なんだ、おまえ、知ってたのか？〉

B　あらんよー、はっきりやわからんしが、うぬ風情（ふーじー）ぬくとぅ、言っていたんじゃなかったかねーと思ったわけよ。はいっ、もう帰りましょうね。

〈いやー、まあ、そんなこと言ってたような気がしたわけよ。じゃ、そろそろ帰るか。〉

A　やさ。西(いり)ぬ空(てぃん)から、何(ぬー)がやら嫌(や)な雲(くむ)ぬ出(いじ)てぃちょーんやー。帰(けーい)み。

〈ああ。西のほうの空、何だか嫌な雲が出てきたな。帰るか。〉

B　あいっ、何(ぬー)やが、あぬ編隊や。スクランブル発進したよー。まーんかい向かとうーが。

〈おっ、何だ、あの編隊、スクランブル発進したな。どこに向かってんだ。〉

A　知らん。まーがらや、まーがら、いちやてぃんまーがらやまーがら。

〈知らん、どこかは、どこかで、いつだってどこかはどこかだ。〉

B　あいっ、くぬ風(かじ)ぬ後(あとう)から雨(あみ)ぬ追(うー)てぃ来(ちゅー)んどー。いゃーや、今日(ちゅー)ぬくぬ後(あとう)ぬ天気(うわーちち)、如何(ちゃー)がないら、わかいみ?

〈おっ、この風は雨が来るぜ。あんた、今日のこの先の天気はどうなるか分かるか?〉

A　大概(てーげー)や、雨(あみ)とぅ風(かじ)やんやー。

〈たぶん、雨と風だろうよ。〉

B　ぬーが、うぬ程度（あたい）やらー、誰（たー）にんわかいん。とお、あんせー、ついでに聞（ち）ちゅしが、心配（しわ）なさっている、明日ー（あちゃー）ぬ天気や、ちゃーなりますかね。

〈なんだ、そんな程度なら、誰だってわかるぜ。ついでに聞くが、ご心配している明日の天気はどうなんでしょうかね？〉

A　なぁ、かしまさぬ、わからん！　我んねー、先（さち）なてぃ帰（けー）いんどー。

〈うるせえ、知らねえよ。先に帰るぞ。〉

B　いぇー、また戦闘機がスクランブルし飛（とう）でぃ行ちゅんどー。まーかい向かとーが？

〈おう、また戦闘機がスクランブル発進してるぜ。どこに向かってんだ？〉

A　やくとぅ、まーがらやまーがらやさ。

〈だから、どこかはどこかだよ。〉

二十歳のカーニバル——Nが語る

「あなたは二十歳のころ、どのように過ごしていましたか」という某雑誌の特集アンケートに答えて——。

うれしくない質問だ、とまず言っておきたい。二十歳の日々、特別なことは何もなかったから。何もないという言い方が、不正確なのは承知している。と言うか、ある意味で、いろいろありすぎて凡庸な印象しか残っていないというのが、正直なところだ。回顧しつつ懐かしみ、心はずむことなどもなかった。

四月二十一日の誕生日など、過ぎて気がつくだけで祝うこともなかったし、当然のことながら「成人式」など関心もなかった。

「二十歳にして心朽ちたり」といった早熟な感慨もない。あるいはデカダンスへの気取った憧憬などもあるはずもない。

金もなかった。将来への希望もなかった。鬱勃たる思いもなかった。

恋愛も無縁だった。酒も飲めなかった。煙草も吸わなかったし、博打も競馬も競輪もオートレースもしなかった。

「風俗」などという場所も、近づいたこともないし、足を向ける「お足」もなかったし、意欲もなかった。

高校生のときと異なり、ベトナム戦争と日米軍事同盟への抗議集会にもデモにも行かなかったし、街頭で怒りと抵抗の拳を振り上げることもなかった。

怒りの叫び声を上げる同世代の連中に、連帯も共感も、反発も冷笑もなかった。

清水谷公園近くで、機動隊に向かって自ら投石をした二度の機会も、ほとんど同じ無力な思いに沈んで、何かしら尖った感情はあるようで、やはりなかった。

殺したいやつが最低三人はいたが、実行できなかった。

七十歳を大幅に超えた今になって、二人に減少したが（当時と同一人物ではない）、やはり実行に移していない。呪詛はしても呪い殺すところまでは、幸か不幸か到らなかった。今ではなおさら不可能になった。やつらはもう死んでしまったから。

ほとんど映画も見なかったし、芝居も音楽会も行くことはなかった。展覧会もほとんど行かず、チラシだけ集めていた。しかし、会期が終われば、あっさり捨て去った。

択捉島、熊野、佐多岬、恐山、平戸、天草、ウスアイア、パラオ、ニューギニア、トリエステなど、行きたいところが数多くあったことは確かだが、旅も遠い夢のごとしで、実現の機会など皆無だった。いまだに、その三分の一にも行っていないし、これからだって、実現できるか判らないし、たぶんないままに人生を終わるだろう。

友達もいなかった。欲しいとも思わなかったし、友人になろうと近づいてくる者も、とりたてていなかった。

かといって、今でいう「引きこもり」の傾向などはなく、あてどなく街に出かけることは、かろうじて好きな習慣ではあったが、入りびたる心地よいところなどなかった。強いて言えば、最近移転したらしい杉並区立永福図書館だろうか、閲覧室へほぼ日曜日ごとに出かけた。

ここに所蔵してある全集本は、月報類をホッチキスで留めビニールテープで表紙裏に貼りこんであった。なかなか合理的な方法だと自分でも真似をしたのだが、年数がたつとビニールが劣化して見苦しい姿に変わり、古書店に持ち込んでも値段がつかなくなってしまった。

いずれにせよ心身にいちばん堪えたのは、やはり何といっても金がないという現実で、これがすべての元凶であり、形而上的思念などに耽溺できるはずもなく、高邁な理念に思考を泳がせることなども無縁だった。

とにかくいつも空腹だった。ひもじさに耐えかねて、渋谷の道玄坂でうっかり予定外のラーメンを食べてしまって電車賃がなくなり、高井戸の自宅まで井の頭線の線路沿いを歩いて帰ったこともある。

……と、いった具合に、二十歳の日々を回顧すれば、「なかった」を列挙し、凡庸きわまる「ないない尽くし」となってしまう。

では、何をして日々を送っていたのか？

金を貯めようと、日本橋郵便局で書留便の住所をノートに記録する仕事をしたり、江戸川橋の東京出版販売で、新刊の仕分け作業をしたりしていた。ある日の昼休み、若い仲間に冗談で本をうまく盗み出す方法を話すと、中途半端に実行するアホがいてあっけなく発覚し、私は教唆の責任を負わされて馘（くび）になった上、給料はなし、交通費だけの支給になってしまった。警察に通報されないだけ、よかったわけだが。

次の榮太樓本舗では、小豆と砂糖を大型のボイラーで煮込む羊羹作りに励んだ。危険手当が付き、この職場が一番稼げたと言える。仕事が終わってから、週に三日ほど千駄ヶ谷の津田スクール・オブ・ビジネスに英語を習いに行き、残りの二日は予備校の代々木学院の夜間コースで、古典と漢文の授業に潜り込んだ。

古典の講師は若き万葉学者の中西進、漢文は『大漢和辞典』を修訂編纂した重鎮の鎌田正という豪華な顔ぶれだった。二人とも大学受験講座などからしばしば逸脱して専門的講義へ進んでいく。私はあてどなく漂流しているような毎日で、しかも授業料を払わない潜りの身だが、頻繁に足を運んだ。

やがて廃校になるこの代々木学院の校長は、幼児教育を含めて幅広く学校経営をしていた内海学園の内海暢子という人で、予備校生たちに「若人よ、飛龍となれ」と古めかしい檄を飛ばしたりして、その思い込みの空転ぶりが、いささか愉快だった。傾倒していたシュタイナー教育とどのような関係があるかは不明だ。

後で気がついたのだが、この予備校は各大学の名だたる研究者たちに、小遣い稼ぎのアルバイト先を提供していたようだ。そのため、予備校でありながら、大学の講義を聞くみたいな雰囲気があり、私としては日本と中国の古典籍への読書欲を刺戟されたことは確かだった。

中西進は、ときどき自作の短歌・俳句を披露することもあった。「羽破(や)れし蝶、陽だまりを悲しうす」を、その一つとして記憶している。当時の私の心情に重なるものがあったのだろう。羽の傷んだ蝶が、陽だまりに悲哀の影を落としているというイメージで、かなり後年に到って創作に転用させてもらったことがある。

長いような短いような、こうした二十歳の日々に、懐かしさなどほとんどない。

おおよそ以上の話を友人二人に話したことがあるが、それぞれ意外な感想を述べた。一人はこうだ。

「一九六〇年代後半は、こうした地下生活者のような息苦しさを感じる時代で、つきつめればこの二十歳の青年は、これから犯罪者になるか小説家になるか際どい岐路にいたように思える」というコメント。正直、「犯罪者」には生々しい実感が呼び起こされた。

もう一人は、「この『ないない尽くし』の現実をフィクションへと反転させ、むしろ現実の方を影にして、『あるある尽くし』をリアルな夢想として二十歳の姿を描き出したら、どうなるか」という問いかけだった。

つまりは現実が夢想の声色を使って語りだす試みとなる。「ないない尽くし」の現実が、夢想のような「あるある尽くし」の擬声を発することになるわけだ。

何やらグレート・ギャツビーのような華麗なる日々、その二十歳のカーニバルの歓声が聞こえてくる気がする。

では、例えばどのような「あるある尽くし」の日々だったのか。以下、思いの動くまま記してみる。ついでに、声音も変えてみたい。

「二十歳にして心朽ちたり」といった爛熟した思いが早くもうごめいていたのです。あるいはデカダンスへの高雅な憧憬も心のうちに秘めていました。

金はあまるほどあり、二十歳の身にとっては、月の小遣いが三十万円ともなれば、大学卒の会社員の初任給が三万円ほどであった時代を考えれば十倍ですし、不自由はなかったと言えます。将来への展望も大きく開け、どこへ進み何に我が身を投資しても可能性にあふれ、選択に迷うことが唯一の悩みでした。

若者らしい鬱勃たる思いも深くいだき、人妻を含む三人の女性との恋愛も順調だった。酒もナポレオンを中心に愛飲し、煙草はもっぱら缶入りショート・ピースでした。

博打も競馬も競輪もオートレースもやり放題、特に歌舞伎町界隈と府中競馬場にはよく行きました。「風俗」と言われる場所もなじみで、金に糸目をつけず、二人同時のサービスを受けたりもしましたが、それでもなお意欲満々、朝まで疲れを知りません。

高校生のときに引き続き、ベトナム戦争と日米軍事同盟への抗議集会にもデモにも出かけ、街頭で怒りと抵抗の拳を突き出しては、激しく体制批判をする同世代の仲間に連帯と共感の声を上げ、清水谷公園近くで機動隊に向かって投石をした二度の機会も、石は意外に的確な軌道を保ち、自らの腕力を確信し、昂ぶる未知の感情に酔ったのです。

殺したいやつが三人いたが、いずれも自らは手を下さず、しかるべき専門家に始末してもらいました。合掌。

七十歳を大幅に超えた今になり、対象は二人に減少したが（当時と同一人物ではない）、やはり同じ方法に頼っていると言いたいところですが、幸か不幸かそれには到りませんでした。やつらはもう勝手に死んでしまったからです。

今も昔も、呪詛し呪い殺すなどという面倒なことはしません。金さえあれば、その必要はないのです。

映画も芝居も音楽会も展覧会も、気ままに好きなときに出かけました。

もっとも音楽会は出かけるばかりではなく、ミュージシャンを自宅に呼んで演奏してもらいました。ソプラノ歌手のキリテ・カナワ、ピアノのミケランジェリ、ヴァイオリンのアイザック・スターンといった人たちは、わけても心に残っています。ミケランジェリの場合、三十分遅刻して来て、不機嫌そうにドビュッシーの『子供の領分』から三曲だけ弾いて帰ってしまったのですが、それでも見事な演奏に接し、自分でも卑屈に思うほど満足感を覚えました。

択捉島、熊野、佐多岬、恐山、平戸、天草、ウスアイア、パラオ、ニューギニア、トリエステなど、行きたいところは数多くあって、すべて順に回りました。

今からだって、キューバの悪名高い刑務所のあるフベントゥド島とか、アーサー・コナン・ドイルが『失われた世界』のモデルにした、でも実際には想像で書いた、ベネズエラのロライマ山などへの旅をしたいと考えていますし、ふらりと来週にでも出かけてみるかもしれません。

友達もたくさんいました。欲しいと思わなくても、向こうからどんどん近づいてくるので困りました。あまりに多いので、玄関脇に順番待ちの受付ボードを作ったくらいです。

タイプの違う友人関係を持っていることも自慢で、東京芸大で芸術学を専攻しているグループと付き合って、今から思えば気色の悪い振る舞いですが、いっしょにランボーやボードレールやマラルメの詩なんかをフランス語原文で読み、たがいの詩作を交換しあったりしながら、谷中の喫茶店から夕焼けに染まる空を眺めたりしていたのです。

他にもちょっと年上ですが、牛原陳太郎という私以上にボンボン育ちの悪ガキがいまして、湘南海岸をアメ車のオープンカーで走り回って、腰の軽い女の子を次々とナンパするんです。私には何が楽しいのか理解できませんでしたけど、そんな陳太郎ちゃんが後に政治家になったのには驚きました。莫大な選挙資金がいるとのことで援助もしましたが、先ごろ引退して、ギリシャのミウラハヤーマで老いた肌をさらしながら、地中海周遊の船遊びをして暮らしていましたが、先ごろ腹上死したと伝え聞きました。私の人徳のいたすところ、まさしく類は友を呼ぶでしょうか、こんな人格劣悪な友人がいたことも、それなりに良き思い出と言えます。

とにかく、心身ともに堅固な自信の元になっていたのは、やはり何といっても金ですよ。これがすべての土台であり主柱でした。筋力は金力に通じる、まさにそのとおりです。

どうしたって金がなければ形而上的思念などに関心を持てるはずもなく、高邁な理念に思考を泳がせることなども無理難題でしょう。貧すれば鈍する、衣食足りて礼節を知る、これは万古不変の真実です。私がその典型的な好例かもしれません。こんな謙虚な物言いも、金力があればこその余裕です。

と、まあ、このあたりでおしまいにします。こんな声色を使うのは、けっこう気分が悪いものだと今更ながら知りました。華麗なる二十歳のカーニバルの歓喜を謳うなど、擬声を絞り出すのも、あるいは聞くのも、意外なことに厭世的な気分を招いてしまうようです。それならば、やはり貧乏くさい話こそが千載不磨(せんざいふま)の慰めになるのでしょうか？　それは実際どうなのか判りません。いささか大げさな問いになりかかってしまうのも、華麗なる二十歳の声色の余熱みたいなものだと思います。

成績を修正します――中世哲学者のK師が語る

「恙（つつが）なくお過ごしでしょうか。ご恵与頂いた小説、どちらも昨日ようやく読み終えました。蝸牛（かたつむり）のようなのろのろ読みですが、速く読んではいけない作品であることはすぐに判断できましたから、ゆっくり、ゆっくりです。そういうわけで、感想と質問があります。来週はどうでしょう、話に来ませんか。木曜日以外なら結構です。午前の早い時間だと助かります。如何かな。」（K師のメール）

〈K師は、今年の十一月に九十八歳。まだ論文を書き、学会発表をする驚異的な人物である。Nは大学二年生のときに、一般教養科目の「哲学」を受講していらい、親しく対話の相手を続けている。

悪天候の日だったが、西東京市の介護老人ホームを訪ねると、歪みと反りの出た欅の大きなテーブルの上に、付箋だらけの本を置き、ノートを広げて待ち構えていた。夫人はK師より体力が弱っていて、ほとんどの時間を寝室で休んでいる。K師はその部屋とは別に一室を書斎にしているのだが、パソコン台の脇から左右に本が不安定に積み上げられ、現役感に満ちている。ベランダ越しに遠く農家の屋敷林が見え、竹林が風雨に揺れていた。〉

――いや、いや、面白かった。あれやこれやフィクションの術中にはまるのを、さんざん楽しんだよ。

一緒に送ってくれたコピーがあるよね、何だっけ、ああ、ここにあるか、『コメット通信』二十五号。この「特集・Nのフィクションの仕事」も読んでみたけど、愉快だな、評者が五人とも作中に何か騙しの穴ぼこが掘ってあるかもしれないって、落ちるのを警戒しながら実に楽しそうに読んでいて、なかには逆にNを騙してやろうかって企んでいる文もあったり、この執筆者たちの読みの賑わいは素晴らしいね。みんなそれを実に上手に書いていると思ったよ。

いや、いや、私はもっとナイーブな読者だからね、ご勘弁願いたいよ。何しろこの歳だから、ややこしいことは、ノーサンキュー。それで、ナイーブだからこそ、不覚の涙をこぼしてしまった話もあるよ。オレンジ色の少女のエピソードだけど。えーと、何ページだったかな。えーと、ノートのメモを辿っていけば、わかるかな。

いや、その前にこの最初の「運不運のみぎわ」ですがね、時空を超えて神田川とライン川が合流する情景には驚いたな。バーゼルのライン川の中州にあるスイス、フランス、ドイツの国境の交点と、神田川の左衛門橋のあたりの台東区、中央区、千代田区、あと駒塚橋の近くかな、文京区、新宿区、豊島区の交点を重ねてしまうとはね。

そう、そう、ロバの鳴き声のエピソードが出てくるでしょう？　ドストエフスキーの『白痴』のムイシュキン公爵が、スイスのバーゼルの町に入る。すると市場からロバの鳴き声が聞こえてくる。彼はこの鳴き声に感動して、心が晴れわたる。たちまち公爵はロバが好きになり、これによってスイス全体が好きになるわけですね。N君はこの場面にいつも喜びを覚えて、これによって『白痴』だけでなく、小説というもの全体が好きになってしまうほどだ、と書いていますね。

えーと、そう、この一節だけど、ノートに書きとったんだ。「個別的なものへの感動が、全体への肯定的感情の横溢に反転する。小さな記憶への愛惜が、それを生み出した舞台や季節を丸ごと抱きしめたくなる気分に広がるのだ」。

この感情、とてもよくわかるな。土佐で行燈（あんどん）に照らされた絵金の芝居絵屏風に心揺さぶられたとき、絵金はもちろん、この世に美術というものが存在していてよかったって、天に感謝したい気分になったからね。

そうだ、N君はこのページで、マーク・ロスコの「ブルー・オン・ダークブルー」への感動によって、美術というものの存在を賛美したくなったと書いているんだけど、そう、そう、思い出した、さっきのちょっぴり涙ぐんでしまった話のことだけど、「オレンジ色の少女と夜学生」というタイトルの短篇だった。記憶の奥からよみがえった少女に、彩り豊かなワンピースを着せたいって、ほら、このページの最後の行に、「ヴァイオレット・オレンジ・イエロー・ホワイト・アンド・レッド」と書いてあるでしょう。これもロスコへのオマージュがあるわけだ。

ああ、やはりそうですか。N君が若いときに英語を教えに行っていたとかいう、工学系の夜間大学のエピソードですね。ある日、三十歳をこえた電気工事店の職人が幼い娘を連れてくる。妻は愛人と出奔してしまい、父子家庭なんですね。とてもおとなしい子で、授業中でも後ろの席で静かに座っている。「おとなしいというより、おとなしくすることしかできない様子の子だった」と、デリケートな書き方をしていますね。

夜学でもサークル活動があって、その学生は社交ダンス部に入っている。でも、男ばかりで女子学生はいない。休み時間に玄関ホールで練習を始めるけど、その学生は電気工事用の作業着を脱ぎ、袖口を両手でつかんで、それをパートナーに見立てて踊り始める。ぼろの垂れた、カカシを振り回すみたいな動きでね。すると、ソファーに座っていた女の子が立ちあがり、きつめのジャンパーをぎこちなく脱ぎ、父の仕草を真似ようとする。ジャンパーの下から現われたオレンジ色のセーターが揺れて、小さな体が伸びをしている。そんなふうに、N君は少女の姿を蘇らせて、彩り豊かなワンピースを着せてあげた。私が感極まったのは、この場面なんです……。

ちょっと、つまらない意見を言っていいですか。

この話のタイトルだけど、「夜学生とその娘」とか、「夜学生と女の子」とか、「オレンジ色」を取ってあっさりした方がよかったように感じるんだけど、どうかな。タイトルで色はいらないようにに思うけど。そう、そう、もう一つある。この二章全体のタイトルの「なつかしい場所を訪ねてはいけない」は、一見すると単純な言い方だけど、この本を読み進んでいくと、胸の奥がざわつく、意外に怖い表現だと思いました。それで思ったんだけど、この本のタイトルね、『なつかしい場所を訪ねてはいけない』にした方が、よかったんじゃないかな。

えっ、なんですか？　耳が遠くなってしまって、よく聞こえないで、なんておっしゃったのかな？　ああ、最後までそのタイトルも候補に残っていたのですか。けど、やめたの？　長いタイトルがこのところ本でも映画でも妙に流行っていて、何か読者に媚びる感じが嫌だった？　なんだ、そんなことですか。いやいや、つまらない理由じゃないかな。流行りがどうのこうのって、なんで気になるのかなー、そんなの、どうでもいいことでしょう。

『幽明譚』にしたのは、もう一つ理由がある？　『転落譚』から始まって、『譚』三部作を考えていたから、二作目は『幽明譚』にしたということね。そうか、それで新しく連載を始めた小説が、『変声譚』になっているわけですね。人間やら動物やらの声色を使った腹話術的な作品とか何とか言ってたやつね。いや、いや、それはいずれ読むとして、今はどうでもいいことにしましょう。

えーと、どこにあったかな、どんどん上に積んじゃうんで、ここに来てから本が見つからないことが多くてね、狭いところだと、かえって整理が追いつかなくて、混乱状態になっていくのは普通のことですかね、あった、これだ、『転落譚』だよ、あちこち付箋が付いているけど、うまく思い出せるかな。えっ、何ておっしゃった？　異物でも見るような落ち着かない気分になるか。そうですか。べたべた付箋が付いているからかもしれないですね。それなら、この本のことはやめましょう。じゃ、一言だけ述べると、この『転落譚』ですが、カバーの裏に後書きを印刷したりして、あれこれ企みがあって、いかにもN君らしい作りで、私の好きな小説なんだけど、どうだろうかな、こんどの新作、以前に比べてかなり読みやすくなった印象があって、それは作者としてはどう思っているのかなって。

いや、いや、必ずしも退行的ということじゃないですよ。だから、それを含めてどう思っているか。他の人の感想はどうですか？　ああ、やっぱりそうでしょうね。二つに分かれている。でも、作者として、いつだって意図的にやさしくしようとか、難しくしようとか考えて書いたことはないというのは、本当でしょう。難易の判断は二義的なものですから。いいことか悪いことかはともかく、結果的にどうなるか、作者じゃなくて作品自身が自己決定していくだろうくらい、私でも思いますよ。しかし、どうなの、それ本気ですか？

いやいや、私も何が言いたいか混乱してきてしまって、わけが判らなくなっているんだけど、まあ、この歳だからね、八十代ならまだもう少しまともな感想が言えたはずなんだが、せっかく来てもらったのに悪いね。

それで、ちょっと思ったんだが、『ブラック・ノート抄』の方が、N君が前からよく言っている虚構への意志が感じられて、なんというか面白い怪しげな難しさがあって、感心したんだけどね。どうですか。

笑っているけど、怪しげな難しさって、変な言い方でしたか。いや、いや、今とっさに口走っただけのことです。また、ふいに思い出したけど、返信メールに書いてあった、N君のお姉さまの感想、どこかで関係がありはしない？　たしかお姉さまが、『ブラック・ノート抄』に比べて『幽明譚』の方は、嘘のつき方がまったく足りないって言ったとか？　そう、注文が入ったんですか、へー、すごい話だ。姉としてあれこれ共通する体験の記憶があるわけだから、気になるんじゃないですか。普通なら、ここところが事実と違うと注文をつけるでしょうに、その逆だ。要するに、虚構への意志が不足している、もっと奔放な書き方をしなくちゃダメじゃないのということですね。これはぐっさときた鋭い指摘じゃなかったですか。

いや、いや、面白いお姉さんだね。ああ、八十六歳になりますか。前にも聞いた覚えがあるな、若い時から小説好きのお姉さんで、N君は学生時代、伊藤整とかモームとかの本だったか、姉上の嫁ぎ先の本棚から失敬してきたってね。えっ、何って言いました？　姉上さんは大はずれの感想も連発する？　いや、いや、何を言ってるの、それはN君に謙虚さがないからでしょう、大はずれは自分のほうじゃないですか。なんだか、痛快な話になってきたな。

ああ、もう一つ何が言いたいか思い出した。しつこくタイトルのことに戻るけど、『ブラック・ノート抄』の方を『幽明譚』とした方がよくはなかったかな。最後のあたり、笠間保から送られてきた文章が、主人公のものとまぜこぜになって、ふわふわ漂って、何だか怪しげな闇に入っていく感じがあるでしょう。もちろん、今となってはもう遅いというのは当然だけど。

その遅いという感覚ですが、遅れという自覚から始まる思索はとても大事ですよ、先走った前のめりの考えじゃ、ろくなものは出てこないし。いや、またまた何を言いたいのか判らなくなってきた。困ったもんだね。

〈老人ホームの一階の調理場から上がってくるのか、シチューの匂いが部屋に入ってきた。Nの住まいに近い小学校からも、昼近くになると似た匂いの空気が流れてくることがある。〉

昼ご飯の時間のことなら、気にしないでください。食べなくてもいいんです。ここの介護士さんたちはみんな親切で、よく面倒をみてくれるけど、食事が合わなくてね、どれもこれも甘すぎて、げんなりなんだ。文句を言うと、判りましたって、返事だけはするけど何も変わらない。だから、週のうち二日は外食をしなくちゃ、生きている心地がしない、これはこれで困ったことです。

そうだN君、吉祥寺でどこか美味しい鰻屋、知っているかな？　二軒ある？　さすがだな。口に合うかどうかって、それはご心配なく。ご一緒していただけるなら、それは楽しみですね。近いうちぜひお願いします。

ところで、まだ肝心な話が残っているんです。今日わざわざ来てもらったのは、わけがあってのこと、それで、N君ね、私の授業で採点に文句をつけてきたことがあるけど、覚えている？　何のことですかって、そんな大昔のこと、覚えているはずがないか。

いやいや、そうだろうね。二年生の哲学の授業です。前期試験の答案を返したら、先生、この八十九点という採点は何ですか？　意味が判りませんって、文句を言いにきたんだ。私が何と答えたかも覚えてないよね。いや、そんな失礼なことって、いまさら恐縮することはないよ。

で、まあ、どう返事をしたか。私の授業は、せいぜい頑張って九十点でしょう、百点満点じゃない。だから、八十九点はほぼ満点ということになるって、そう答えたんです。いかにも私らしいやり方って、おっしゃっていただき、それはそれで、安堵するけど、でも、私の勝手な自己流の採点基準に、N君は納得してなかった。そうです、間違いなく生意気な学生でしたね。いや、私の代わりに前期だけで二回も講義をしてくれたんだから、文句を言ってくるのは、まあ、当然だったけど。いや、講義っておおげさな言い方でもないですよ、代講は代講だったんだし。想像力とは何か、そういうテーマでしたか。それは、しっかり覚えているんだね。

ええ？　私が叱ったから覚えているわけ？　サルトルの想像力論なんて、つまらないものを持ち出しちゃだめだ、メルロ＝ポンティとか、せめてバシュラールをしっかり読みなさいって？　おや、そんな立派なこと、言ったんですか。いや、いや、そっちは私の方は記憶にないな。でも、サルトルの著作で最高のものは『聖ジュネ』だと、私は思っていました。ジュネの破天荒な不良少年時代に、サルトルは嫉妬やら、憧れやら、対抗心やら、賛嘆やらの気分が入り混じっていて、それが思索を深くしているように感じますが、どうでしょう。いやいや、でも、実際のところはどうなのか、もう読み直すことはないだろうけどね。

〈階下の食堂から人声にまじり、椅子のきしみとテレビ食器の音が聞こえてきた。〉

昼食のことは、いいんです、心配しなくてけっこう。腹が減れば、どんな不味（まず）いものでも食べるだろうからね。それで、わざわざ来てもらったのは、N君に差し上げるものがあったからです。二つの小説、なるほど、と何度もうなずいて、驚いたり、笑ったり、涙が出たり、考えこんだり、それから何より気持ちよく騙されたりして、これは傑作だと確信しました。ですから、あのときあげなかった一点、今度の作品への評価として加えます。びっくりですか？　何よりのご褒美って、そこまでおっしゃられると、こちらが恐縮してしまいますが、この一点を加点するのに、半世紀以上もお待たせしたわけですから、お詫びしないといけません。でもやはり、今度の二つの小説は一点差し上げるのに値すると、心から思えるんですよ。いや、よかった。これでめでたく九十点満点になりました。

〈二人とも大笑い。Nは辞去した。帰途、車を運転しながら、今度はNが不覚の涙をこぼしそうになった。〉

寒さだけは苦手です――多肉植物スタペリアが語る

あたしたちの存在に気がつかなかった？　どこを見ていた？　こんな目立つ姿をしていたのにね。もっとも当時はまだスタペリアの鉢植えなんか、普通の花屋にはなかったから、仕方がなかったかもしれない。吹きさらしの店には向かないんです。あたしたちは、幹にたっぷり水分を貯えていて乾燥には強いけど、なにしろアフリカが故郷なので、寒さだけは苦手なものですから。

葉は退化しています。いや、この「退化」という表現、あたしは前から気に入らない。単に生きていく環境に合わせて「変化」してきただけのことですからね。葉じゃなくて、茎で光合成しているなんて、たいした適応能力でしょう？　でも、「多肉植物」という言葉も、何かグラマラスなスタイルを感じさせて悪くはないけど、ほら、この毒々しい紫色のヒトデに似た大きな花びら、どちらかと言えば、不気味な雰囲気をあたりに放って、マニアックな花好きならそそられるでしょう？　そうか、見たことないんでしたね？　あの店にあったのを気づかなかったとは、いかにも迂闊だったと思います。

あなたは宇品という、少年時代に野球のコーチを受けた人物のことにしか関心がなかったのはやむをえない事情だけど、でも、シュラブ・ローズという花へは注意を向けたし、ケチなあなたにしてはアザミを五本も買っていったじゃないですか。

もちろん、あなたがどこかで書いていた、京王線つつじヶ丘にあった花屋のことですよ。スリ稼業の一家に生まれた「ジュン坊」が、その後どうなったか、なるほど私みたいな立場でも気になります。二十歳の年、あなたは榮太樓本舗で羊羹作りに励んでいたときに、かつて杉並の〈母子ホーム〉に一時避難してきた「ジュン坊」の消息を知ろうと、勤め帰りに元ヤクザの宇品の生花店を訪ねたわけですね。それこそ、店で一番目立つ花が、このヒトデに似た色と形のスタペリアだったはずだけど、目に入らなかった？　鋭い目つきで丸椅子に座って店番をしている宇品の近くに並ぶ、毒々しい見栄えで人目をひくスタペリアの私とは、とても似合いの情景になっていたと思うけど、見逃したとは残念ですね。

でも、言いたかったことは、これだけじゃない。前に、七十三年生き長らえているとかいうカマキリが登場していたでしょう？　荻窪の家の庭で遊ぶあなたの五歳の姿を見たとかいうカマキリです。「あの少年のことは、よく覚えている」と書いていた文章でしたっけ？　はっきり言えば、「擬態」という言葉をかなり目障りに使っていたように思うのですが、あたしたちスタペリアだって、それなりの騙しの術は持っているんです。それを忘れないでいただきたい。

もちろん、悔しいけどカマキリさんたちの「擬態」とは、比べようもないくらい地味なものですが、れっきとした騙しのテクニックがあります。花びらの色は赤紫というか、赤褐色というか、腐った肉に似た色をしています。見た目ばかりじゃなくて、腐肉の臭いまで宙に放っているんです。しかも、繊毛みたいな白っぽい毛が生えていて、腐った肉に浮きだしたカビの真似までしているんですから、なかなかのものじゃありませんか。これに誘われて腐った肉が大好きな蠅がやってきて、色も臭いも感触も確かに肉だと信じて、卵を産みつけるんですけど、腐肉と錯覚して歩き回る蠅の脚に花粉がくっついて雌しべに運ばれる。これって、あたしたちとすればシンプルだけどよくできた欺きのテクニックですね。

まあ、それだけのこと。特に偉そうなことは付け加えません。自然界は、どんな地味なものでも騙しのテクニックがなくちゃ成り立たないとか、人間界は助け合いと騙し合いは紙一重なんていうごく当たり前のこと、わざわざ述べるつもりもありません。それにしても、あの花屋の母子家庭に入り込んだ元ヤクザも気になりますが、両親からスリのテクニックを伝授されることを拒んだ「ジュン坊」は、その後どうしたんでしょうね。どこでどう生きているか。ところで、今いるここはどこか判らないけど、やけに冷たい風が吹き込んできて困るんですよ。その窓のあたりの隙間風、何とかしてほしい。とにかく寒さだけは苦手ですから。

闇の奥へ、もっと奥へ――埼玉県O市の元書記官Mが語る

長野の伊那山中で生まれ育った者にとっては、暗闇など恐れるに足らず。闇が深さを増すほど清浄な空気を肌に感じるくらい親しいのです。それこそ森の暗い夜道を歩くにしても、慣れてしまえば、目に貼りつくような濃い闇も何か不思議な清気が身を包んでいると思えます。

そこで、聞き及ぶところ、進むにも戻るにも人をまどわす魑魅魍魎（ちみもうりょう）があちらこちらに出没する、いわば難攻不落の闇の迷路があって、果敢に進んだあげく、斃（たお）れた者たちが数知れないとか。

それならば、暗闇の道を進むことにかけては、おおいに自負がある私が挑むことにする。決戦と言ってしまっては大げさだろうし、鉢巻までして血気盛んにおのれを鼓舞することはないだろうが、今は夜の十時を過ぎたところ、まず風呂に入って身ぎれいにし、心して取り組むことにしよう。

折よく、ときは熟した。先月末で定年を迎え、退職金を活用する好機の到来なのだ。簡単に言えば、住宅ローンの残額をいよいよ繰り上げ返済して、まさしくきれいさっぱりな身になろうと決意したわけである。それが全部パソコンで処理できるとは、なんと便利な世の中になったものだ。そう思うところまでは、誰しも共通の感慨で、ここで早くも地獄の一丁目への入口に立っていることになるらしい。いよいよ闇の王との前哨戦だ。王なる者がいるかどうか定かでないが。

住宅資金を借りたのはM銀行。その私名義の口座に返済金額以上の金が入れば、手続きが簡単にできるそうなのだ。

普通預金のメインバンクは埼玉S銀行、それから普通預金で最も金利の高いA銀行、それから先の返済口座のあるM銀行の三口座を私は持っている。だから、二つの銀行からM銀行へ返済可能の金額を移せばいい。

では、実行する。まず、メインのS銀行から始める。ここから、難攻不落の現実を予期していたし、何よりもパソコンでの手続きは暗黒の迷路に足を踏み入れることに等しいので、職場の後輩にアイコンを作ってもらっていた。そこから入れば、ログイン画面がパソコン上に見られるはずだ。ただし、一度説明を受けただけだし、これまでも未使用となれば、心もとない感じはあるが、ここで弱みを見せてしまうと、どこで闇討ちにあうかわからない。とにかく前進あるのみ、とアイコンをクリックする。

「調整のためお取引の連絡ができなくなりました。しばらくして、あらためてお取引願います。なお、お急ぎの場合は本サービスのお問合せ窓口へご照会下さい」

おう、さっそく来たか。案内係のふりをしているが、こいつは化け物だ。なにしろ、言っていることの意味がわからない。ここで追い返すつもりだろうか。

問い合わせるにも、今は夜の十一時五十分だ。おや、もうこんな時間か。何をもたもたしていたのか。まだ魔境に入っているわけでもないだろうに。たとえ、問い合わせても、説明が理解できるとは思えないし、別の罠に誘い込む企みかもしれない。ともかくログインできればいいわけなので、ネットで「Ｍ銀行」を検索する。

ホームページが出てきた。真面目そうな雰囲気だが、念入りに目を凝らし魑魅(ちみ)が潜んでいないか点検する。キャンペーンとかデビットカードとかの亡霊めいた説明がたくさん書いてある。しかし、どこにログインをするところがあるか、容易にわからない。もっともらしく「ＡＩチャットに質問」なるものがあったが、これこそ限りなく怪しい。

弱音を吐くのは早いが、何やら迷路の闇が深くなり始めている。こんなところで、あえなく敗走などしたくない。子どものときから、闇の道を行くのは誰よりも鍛えてきたはずではないか。とにかく、「ＡＩチャットに質問」は、これもわけがわからないのでパスする。

どこだどこだと、弱り目を酷使してひたすら探す。なんと、右上の端に小さく「ログイン」とあるのを発見。化け物屋敷じゃあるまいし、こんなところに隠れていやがって、通りすがりに人を脅かそうっていう魂胆だな。ここで恐れるわけにはいかない。ならば、素直にクリック。怖気づいては、暗黒世界との戦いは終わらない。

なんだ、これは？　ログイン画面ではない。

・インターネットバンキングはこちらへ

・法人のお客様はこちらへ

・デビット専用はこちらへ

三つの入口が現われた。開ければどれも最初は人を安心させる明るい階段のようだが、足を踏み入れたとたんに扉が閉まり、すぐさま闇の奥へ連れ去られ、緊縛状態で責苦にあうに決まっているのだ。あいにく私にはそのような縛られ好きの趣味はない。一度くらい経験してみるかと思わないこともないが。とにかく、私は「法人」など無縁だ。「邦人」かと問われれば、日本国のパスポートを所持しているのだから、それなりに資格はあるだろうが、ここで外国籍の人間を排除するのは考えにくい。「庖人」の誤記と判断しても、庖丁一本をさらしに巻いて板場の修行に出る古い歌謡曲で唄われるような健気な料理人でもないし、「封人」という「国境を守る人」の意味の言葉もあるが、これでは条件を限定しすぎだ。「修行を積んで成就した完全にして理想的な仏のあり方」とされる「報身」では、なおさらハードルが高すぎるし、そんな超絶的な存在を暗黒のバンク・キャッスルが招き入れるはずがない。

ならば、デビットか。いや、そんな名前の人物は知らないし、関わるとしつこく付きまとう、短慮短気タイプのやつかもしれない。名前からそう感じる。太郎と同じだ。とくに判断の根拠はないけれど、私の経験的な勘では、物事全般にわたって、根拠が希薄か、あるいは根拠なしの判断の方が、妥当な結果を得ることが多い。したがって、デビットとはおさばらする。

残るは、インターネットバンキングだ。残り少ない毛髪ながら精いっぱい体毛を動員して、総毛立つ思いで、いざクリックしようとしたら、なんと消えてしまった。画面は元のページに戻っている。もう一度試みたが、同じ結果だ。なるほど、これが敵のやり方か。迷路に誘いこんで、さんざんエネルギーを使わせて、また入口に戻す。これは永劫回帰の闇の迷宮なのか。じっとしていると、時間ばかりたつ。もう二時三十一分か。まいったな。背後から闇が黒々と迫ってくる感じだ。告白すれば、子どもの頃から、前方の闇にはめっぽう強いが、背後から闇雲に襲ってくるやつは苦手なのだ。

心を落ち着けて、再考する。ふいに単純な事実に気づいた。スピードだ。手の動きの遅さが、支障をきたしているにちがいない。この闇の世界は、鈍手、鈍足では対抗できないのだ。速さこそ、必須の能力なのだ。足は自信がないが、手には長年の職業的な修練の蓄積がある。何しろ書記官として、速記で一家五人の生計を支えてきたのだから。

とにかく「ログイン」をクリックしたのだから、ごく当然の常識として、その程度の常識がこんな不条理な迷路の闇世界でも通じるとしてだが、何とかログイン画面には行けるはずだ。今度は消える時間を与えないように、高速でカーソルを動かしてインターネットバンキングが逃げ去る前に捕捉しないといけない。こんなところで愚劣な流行語タイパ（タイムパフォーマンス）が問題になるとは思わなかった。タイパなどと言う連中は、みんな闇の世界に内通した手足自慢のアスリートみたいな連中なのだろう。さて、どうだ、おや、どこに消えた。間に合わなかったか。この迷宮は、追っ手を攪乱（かくらん）するための秘密の穴がいたるところにあるのかもしれない。さすがに、気力が失せてきた。もう、三時十四分か。しかし、ここで退却は痛恨の極みだ。

では、最初から余計な情報に頼らず挑むしかないだろう。

ログインＩＤまたは店番号（三桁）と口座番号（七桁）を打ちこめば済むのだったな。そしてログインパスワードを入れる。これでいいのか？　この不安が迷宮世界では落とし穴なのだ。こうなるとひたすら根気力の左右する戦いだ。それからログインパスワードのところにパスワードを入れる。その上に「ソフトウェアキーボードを利用する」と書いてあったが、何のことかよくわからない。混乱を仕掛ける罠かもしれないので、無視して直接入力する。慎重にパスワードが間違いないか確認してログインをクリックする。何だ、何だ、エラーと出た。もう一度打ち直してみたがやはりエラーと出る。一体どういうことだ。責任者を出せ、と言いたいところだが、誰も責任者の正体はわからないだろう。

仕方なく「エラーが出る場合」というところをクリックする。くどくどと説明があって、うんざりするが、他に方法がないので読んでいると「安全のためにはソフトウェアキーボードの利用が推奨」されていて、その後に小さくソフトウェアキーボードを利用しない場合は「ソフトウェアキーボードを利用する」の文言の左の四角のマークを外すとある。ややこしい。元の画面に戻りたいが、これがまた戻るのが簡単にいかない。ようやく行き着くと四角にチェックのレが入っていた。そうか、つまりこれを外さないで直接入力すると必ずエラーになるのだ。

敵の手口がだいぶわかってきた。回り道からさらに回り道に誘って、気力を削ぐのだ。負けてはならない、それいけ、と気合をこめてクリックし直接入力したところ、やっと口座の画面になった。さて、どうやってそこから振り込むか、しばらく呆然としていたが、よく見ると小さく「この口座から振り込む」というところがあるので、クリックする。すると「新規先へお振り込みの場合」というのがあったので、それをクリックすると「新規お振り込み先を指定する」という画面が出て、その下に「この手続きにはワンタイムパスワードが必須です」とある。何だいこれは。また、新たな闇の入口に誘ったなと腹が立つ。しかし、怒っては敵の思うつぼなので、気を取り直して「ワンタイムパスワード利用の流れ」と書いてあるところをクリックする。どうやら、ここからパソコンとスマホ両方が必要のようだ。まずいな、睡魔が忍び寄ってきた。こいつには勝てない。急ぎコーヒーを飲んで戦いに備える。

では、実行。いや、待て、三つの銀行にそれぞれＩＤ・パスワード・取引暗証番号があるわけだが、すべて同じにするのはまずいので、大文字と小文字の組み合わせなど微妙に変えている。それに加えて全銀行にワンタイムパスワードを入れなければならない。今、スマホで検索すると、これは文字どおりワンタイムの十桁くらいの数字で、時間制限もあり、もたもたしているとどんどん変わるので、注意すべしとの情報がある。

まずはA銀行からM銀行の口座に振り込みたい。支店コード（三桁）、口座番号（六桁）にＩＤ（八桁）・パスワード（九桁）・取引暗証ナンバー（八桁）を入れて、振り込みに進むにはワンタイムパスワードを取得するアプリをダウンロードしろと指示がある。はい、はい、わかりましたと虚空に向かって呟き、ダウンロード、インストールして進む。まだあった、登録してある自宅の固定電話から、指示された番号へ一二〇秒以内に電話をかけなければならないのか。自動音声の応答の気持ち悪さは仕方ない。まだ迷路は続く。今度はメールにＵＲＬが届き、そこにある番号（八桁）をワンタイムパスワードの画面に入れなければならないのだ。やっとワンタイムパスワードが出てきたので、それを入れたものの、番号を間違えた。どこの番号が違うのか。再度、試みる。また違うらしい。どこが？　0を6に見間違えたか。

さすがに、まいった。闇はどんどん濃くなっていく。こういう複雑極まる闇の深い行程を三つの銀行で三回行き来するのか。三つの迷宮を往復するにも、微妙に違うパスワードや長々した数字へのすばやい対応、これじゃ混乱し行き惑うのは当たり前だ。不覚だったか。永久に逃れられないラビリンスに入りこんでしまった。

　この闇の世界に君臨している者が誰か知らないが、『闇の奥』のあのコンゴ川上流の狂人のように、当人自ら「怖ろしい、怖ろしい」とか、「地獄だ、地獄だ」と呻いているのだろうか。いや、そんな生身を思わせる治者などいないのだ。かといって、空無の実体が支配しているとなれば、語義矛盾だ。いや、案外そうかもしれない。そうなれば、ほとんど仮想空間に等しいことになるだろうか。そんなことに挑む者は愚者に他ならない。

　いや、何が何だかわからなくなってきた。酷い目にあいながらも、すこし間を置くと、繰り上げ返済のインターネット手続きに挑むぞと、ふたたび殊勝な思いが動き出す。それにしても心身の奥の方から蠢く、倒錯した意欲のようなもの。この正体は何だろう。我ながら、不気味だ。

　今度は埼玉S銀行からM銀行に金を移すことをしてみるか。

　支店コード（二桁）、口座番号（六桁）にＩＤ（八桁）・パスワード（九桁）・取引暗証ナンバー（八桁）を入れて、ワンタイムパスワードを取得するアプリをダウンロードして、インストール、登録してある自宅の固定電話で、指示された番号へ一二〇秒以内に電話、メールにＵＲＬ、番号（八桁）をワンタイムパスワードの画面に……、何だ、何だ、闇がふくらみ、広がり、渦巻き、またふくらみ、広がり、渦を巻く、これはいったいどこから湧き出したものだろう。私の心身の奥深い暗がりからだろうか。
まさか？　いや、わからない。手に鉄の文鎮を握っているが、何をするつもりだ？　私は狂ったのか。そう、やるがいい。叩け、叩け、もう一度、強く叩くのだ。おや、モニターはガラスでなかったか。もっと粉々に砕けるかと思ったが、それでもこのプラスチック板の歪み方は、痛快なほど醜い。おや、パソコンはいかれてもサブモニターはまだ生きている。じーじー、じーじー、白々した細かい波形の光の痙攣（けいれん）がホワイトノイズを発している。何やら懐かしくもある。かつてテレビが一日の放映を終えると、日の丸のはためくなかに「君が代」が流れ、そのあと唐突に砂嵐の画面に切り替わった。

窓の外はまだ薄闇だが、夜明けが近いのだろうか。いま、五時二十二分。新聞配達のバイクが動きだしている。私は生還したのか。いったいどんな闇の世界から。

納得できることは、何もない。繰り上げ返済の「繰り上げ」には、「繰り引き」と同義で、「軍勢を引き上げる」の意味があるらしい。私は「軍勢」など、引き連れてはいなかったが、闇との戦いの終わりを含意するとなれば、何たる皮肉か。

朝刊が届いた。いつものとおり、今日の運勢欄を開けてみる。四月生まれは、「力の空費多し。尋常の勝負の大切さを知れ。目の前の一事を理解するところから始めれば吉日なり。さもなければ、闇夜が近づく」とある。結局は、今日も闇と戦えということなのか？

チンパンジーの時代――グラフィック・デザイナーR子が語る

せっかく教えていただいたのに、まったく役に立ちませんでした。ちゃんと覚えていたので、ためしてみたんですけど。もう二年くらい前になりますね。何のことって？　S図書館の読書講座「愛、その実相と虚相」でおっしゃっていた話です。

親しく付き合っている相手への愛の確かさを知るには、その人がどのような子どもであったか、関心を持っているかどうかで判断が可能ということでした。どんな少年だったか、どんな少女だったか、愛する者ならごく自然に知りたいと思うもので、まったくそのことに無関心なら、先行きは見込めない関係だから、さっさと別れた方がいいって、たしかにそういうお話でした。記憶にないんですか？　はい、そうです、おっしゃるとおり、「とても役に立つ立派な愛の真実」を話してくださいました。

それをふいに思い出して、好きになった人にたずねてみたんです。仕事の関係から知り合ったフリーライターで、私より二つ年上の三十歳です。それで、彼がどんな子ども時代を送ったのか、とても知りたくて聞いたんです。これって、愛している証拠ですよね。きっと、私のことも聞いてくれるだろうなと期待したし。だから、たずねてみました。

あなたは、どんな子ども時代を送りましたか？　少年だったころの話、わたし、とても知りたいなーと思っています。

それで、あの人、何て答えたと思いますか？　笑顔でこちらを見るので、ワクワクして答えを待ちました。そうしたら、ぼくの幼年時代には秘密があるんだというので、何かまずい質問だったかなと思いながらも、どんなことだろうかと、こんどはドキドキです。しかもこれを告白するのは、君が初めてなんだとささやくので、ますますドキドキです。あの人、もっともらしい口調で、こんなこと言ったんです。

ぼくはね、幼いころ、実はチンパンジーだったのさ、だから思い出せることは、すべて熱帯アフリカのうっそうとしたジャングルのなかの生活なんだ、毛むくじゃらの体で、食べ物をさがして木から木へと飛びまわる暮らしを来る日も来る日もしていてね、そんな森のなかのチンパンジーの時代の日々をあれこれ思いめぐらせば、辛いことも楽しいことも、いやー、なにもかも懐かしいなー。

そう言って、手で胸のあたりをポリポリかくんですよ。ちょっと、Nさん、笑わないでいただけますか。おかしくなんてないですよ。いったい、これって、何だったのでしょう。それからあの人、わざとらしく真面目な顔をして、あなたはどういう女の子でしたかって、聞いてきたんです。もうばかばかしくて、大きなため息をつきました。どうにも答えようがないじゃありませんか。

愛の確かさとか、愛の証拠だとか、ぜんぜん関係ないです。そんなこと、知るもんですか。わたし、涙が出てきちゃったんです。そうしたら、あの人、囁き声でわざとらしく何を言ったと思いますか？　あなたは、きっと、かわいいウサギさんだったかな、ですって。くだらないゲームに誘っているつもりかもしれないけど、バカじゃないですか、この男。これほど幼稚だと思いませんでした。何がかわいいウサギさんですか。はい？　今なんておっしゃいました？　その元チンパンジーだった男、なかなかおもしろいやつじゃないかですって？　まさか、えー、本当にそう思われます？　からかわないでくれますか。

でも、正直言うと、あー、やだやだ、どう言ったらいいのか、たしかにこんなバカ男でも、とても悔しいけど、嫌いにはなれないんですよ。いやですね。この気持ちのよじれ、何とかしてくださいよ。すこしは責任を感じてもいいのじゃありませんか？

そうですか、そんな言葉があるんですね。ちょっと書きとめますから、もう一度おしえてくださ い。読書講座でも紹介があったのですか。すいません、そっちのことは、覚えていません。シェイクスピアのソネットの一四一番の歌ですね。

ほんとうは、目でお前を愛しているのではない
目はお前のたくさんの欠点をみている。
しかし心は目が軽蔑するものを愛しているのだ。
心は見えるものにさからって、やみくもに愛をささげてしまう。

ぐさりとくる言葉ですね。なるほど、そうかもしれません。「心は目が軽蔑するものを愛している」って、私の恋はいつもこればかりですから。スパゲッティ・ミートソースを口のまわりにたっぷりつけてほおばり、それでも平気でまたフォークにぐるぐる巻きつけてがつがつ食べる年下の男と付き合ったこともありますけど、目はそのみっともない姿を軽蔑していたのに、心は逆らって愛していましたから。えっ、そのミートソース君はどうしたのか？ そんなこと聞かないでくださいよ。

えーと、それで、この歌のことですけど、理解はできるのですが、今度の元チンパンジーの彼氏の場合に当てはめると、何だかとても大げさな気がします。だって、かわいいウサギさんだったかなと言われたとき、いいえ、残念でした、ハリネズミでしたって答えたとすれば、話に弾みがつい

て何かが先に進んだかもしれないですから。はい、私だってわかっているんですよ、そんなふうに指摘されなくても。

要するに、おおげさなんです。何もかも、すべてが大げさなんです。いっさいがっさいが大げさなことに思えてきました。妙ですね、こだわりの縮尺を変えてみたら、気持ちがふんわり楽になってきた感じです。話を聞いていただいて、ありがとうございます。

ところで、あなたはどんな少女でしたか？　えっ、その質問、いまここでするなんて何だか嫌味にも聞こえますけど、まあ、いいです。本気で知りたいですか？　じゃ、せっかくなのでお答えしますね。はい、私は昔も今も物忘れの得意なハリネズミのプルプルです。はい、そうです。二宮由紀子のお話に出てくるプルプル。森のサクランボつみ大会に行くつもりが、パンケーキを食べているうちに忘れてしまうし、何度キンモクセイを見ても何の木か忘れてしまうプルプルです。まあ、おっしゃるとおりプルプルはオスです。忘れてました。でも、そんなことどうでもいいじゃないですか。

求む、再就職先——骨董市の老店主Hが語る

いよいよ閉店の時間となりました。お集まりいただき、あつく御礼申し上げます。いささか長口上になりますが、長いことごひいきにしてくださった皆様へご挨拶させていただきます。また、最後にあつかましいお願いもございます。

振り返ってみますと、こうして上野不忍の池畔の骨董市に出店させていただいてから、本年五月で半世紀の長きに及びます。七十歳の年だけは、病を得て中断しなければならないときもありましたが、おかげさまでそれから十年間は何事もなく、力の及ぶ限り、世界の珍品・逸品を集めることに全力をそそぎ、お客様の熱い好奇心にそえるように、骨董屋のプライドにかけて頑張ってくることができました。

思い出せる珍品のなかでも、いかさま博徒の愛用した精巧極まるトランプは、よく手に入れたもんだと今でも自慢できます。アメリカのアリゾナのグランデール賭場から、その筋の人を介して入手したもので、幸か不幸かいかさま師のインチキがばれ、両手の指をハンマーで砕かれてしまったわけですが、いかさま男の不運があったからこそ、数字部分に秘密の細工を施したカードを手前どもが入手できた幸運があったわけです。

ついでに申し上げれば、戦前に東京のドイツ大使館から来た外交官が、霞ケ浦に車ごと転落してしまった不幸な事故がありましたが、そのおかげで水没から救い上げた一九三〇年代のカメラの「ローレライフレックス」が手に入ったわけです。どの専門業者が修理しても作動しないジャンク品にすぎなかったのですが、それを五十円で買っていったカメラマニアの中学生が、なんと見事に直してしまったなんていう、嬉しいような、骨董屋にすれば悔しい話もありました。よみがえれば七十万円はする逸品です。誰かの不遇が貴重な品を生み出すことがままあり、そうしためぐり合わせを少なからず見聞きするのが、この商売の面白いところでした。

それから、クリックするとカーソルが勝手に反応して、文章の形容詞とか副詞とかいった修飾語が、好き勝手にどんどん増えていく、例の有名な黒いマウスなんていうものもありました。もっとも、そんな秘密の働きがあることなど、店頭にあるときは気がつかず、購入した方から、ずっと後にお聞きした次第ですが。

当然、期待に反して失望したものもあります。牛の鳴き声を方言まで聞き分けると説明されていた、アルゼンチン製の古い通訳機ですね。どの牛もこぞって「われらのミルクを返せ、人間どもよ」と同じことしか叫んでいなかったのですから。

ある釣り好きの小説家から、ぜひ買ってほしいと依頼されたものもあって、それがヘミングウェイの愛用した釣り竿だったんです。キューバからアメリカ経由で苦労して入手したものでしたが、鑑定書のスペリングが変だって当の小説家先生から指摘されましてね。がっかりしたことに、偽物だったんです。アーネスト・ヘミングウェイの名前がA. Hemingwayと記してあって、アーネストはErnestですからEのはずで、そもそも名をイニシャルだけにすること自体で怪しい代物、実に幼稚な間違いを見逃して大失敗でした。本物なら、そもそも博物館行きでしょうから。

無事に話がまとまって、喜んでいただけた骨董品のひとつひとつ、どれも思い出深いことはもちろんですけど、市場で同業者とのセリに負けてしまった逸品など、いつまでもしつこく記憶から消えないものです。皆様はご承知かどうか判りませんが、アメリカの玩具メーカーに、「ルイス・マーシャル」という会社がありまして、一九六〇年代に限定販売していた巨大怪物のクリーチャーがあったのです。当時としては斬新なリモコン式で、高さが七十センチのマンモス・ガールなんですが、赤い血走った眼を見開いて、身体を揺さぶりながら、背筋も凍るような甲高い奇声を発するんです。服が色あせて、ぼろになっているところも、いい味が出ていたんですよ。あれは一万円の差で負けてしまい惜しかったです。

と、まあ、長い話になって、恐縮です。そんないろいろな思い出のある骨董屋人生も、今日でおしまいです。やり遂げたという思いはありますが、一つ心残りがありまして、ぜひ皆様のお力添えを拝借したいとあつかましく願っているしだいです。

実はこんな骨董屋でも、熱心に働いてくれた店員がおりまして、もっぱら倉庫整理にあたってくれていました。私が五十歳のときに生まれた娘でして、今年三十歳、孫の三歳の男の子が一緒です。この子もそれなりに働けますが、まあ、付属物とお考えください。思い通りに動いてくれませんが、愛嬌だけは申し分ありません。それで、ぜひともお願いしたいのですが、どこか再就職先はございませんでしょうか。きっと、娘は今日も倉庫でこの先の身の振り方の不安で、胸を痛めているかもしれません。

いや、私自身がこれからどうなるか心もとない立場です。将来のことを考えれば、娘に早く次の仕事を探してあげたいのです。右手がやや不自由そうにしているときもありますが、三十年生きてきたとは想像しがたいほど元気で、まだまだ働けるはずです。専用のバッテリーもあと二十年分はありますし、交換用の付属部品もそろっています。もちろん、男の子の装備品一式も完備しています。操作もメンテナンスもいたって簡単で、万一面倒なトラブルになりましたら、本人たちに操作手順をたずねれば、多少時間がかかるかもしれませんが、解決法を提案することでしょう。新たな就職先が見つかりましたら、まことに些少(さしょう)ではございますが、支度金の用意もございます。

とても誠実によく働くＡＩ娘で、きっとお役に立つと信じています。後ほど親子をお目にかけたいと思います。ただ、申し訳ございませんが、話し合い完了後のキャンセルはご勘弁いただきたく存じます。この老いぼれ骨董屋の願いをくみ取っていただける方がいらっしゃいましたら、ぜひともご相談させていただきたいと思います。では、いよいよ閉店の時間です。皆さま、長い間ありがとうございました。

IV

悪霊封じ、ひーふーみー、よいむなやー——D大学を退職したSが語る

それからどうなったって？　このこと、まだ話してなかったか。いや、この程度の酒、まだまだ大丈夫です、はい、続けますよ。で、授業の合間に岩殿観音まで散策に行くと、いつも境内の大銀杏に手をあてがって、何やら呪文のようなことを呟いたりはするのだけれど、霊妙なことなんかぜんぜん思い浮かんだことはないよ。大銀杏の推定樹齢は七百年、周囲は十一メートル、その樹肌に手を置いて、いや、呟くというより、とりとめない思いに捉われたりするんだ。

朝がた庭で見かけたぶち猫は、カエルによく似た顔に見えたが、それなら猫によく似たカエルも存在しているはずだとか、銀行の機械で四度もピンコードを間違えた後、行員がカステラを持って自宅へ見舞に訪れた夢を、中央公園のベンチで懐かしく思い返しているのはなぜかとか、まあ、そ

んなたわいないことが頭の芯から滲み出てくるのが面白くて、大銀杏に触ってみる習慣があったのだけれど、でも、ちょっと生真面目な言い方をするなら、この場所に心惹かれた理由は、およそ千四百年前までさかのぼる歴史の古層を感じとれたからじゃないかと思う。

岩殿観音は通称で、埼玉県東松山市の真言宗智山派の寺院なんだけど、正式には正法寺（しょうぼうじ）と言い、奈良時代の養老二年の創建らしい。鎌倉時代初期に、比企能員（ひきよしかず）が源頼朝の命で再興したと伝わってもいる。表参道から石段を登った中ほどに仁王門があり、左右に仁王像が立っていて、なかなか勇壮な姿だよ。

江戸の初めくらいの話かな、川越の相撲大会でこの近郷の連中は毎年早々と負けてばかりいたんだって。けど、ある年に金剛兵衛、力士兵衛と名乗るめっぽう強い若者が岩殿からやってきて、並みいる強力（ごうりき）どもを次々となぎ倒した。その日は、岩殿観音から仁王さん二人が消えていたそうなんだ。村の名折れとばかり、駆けつけたわけね。

そういえば、平安初期の坂上田村麻呂（さかのうえのたむらまろ）の伝説もあって、岩殿山に悪竜が住み着いて、あたりを荒らしまわり、人を見ると胴で締め上げ、尾で地面に叩きつけては喰らいつくという狼藉（ろうぜき）ぶりで、村人は恐れおののいていた。その噂を聞きつけた東征中の坂上田村麻呂が立ち寄り、竜退治に乗り出すというわけさ。田村麻呂は観音堂にこもって助力を乞い、祈りを捧げる。するとまた真夏にもかかわらず、雪が積もった。でも、崖の一角だけ地肌の見えるところがある。これは竜がいるところを観音様が教えてくれたのだと信じ、矢を放つ。黒雲が湧き、突風が吹き寄せてくると同時に悪竜が現われると、矢は右目に深々と命中していた。田村麻呂は二の矢で左目をねらい、瞬時に飛びかかって太刀で喉元を突き刺した。格闘の末、ついに悪竜も力尽きたという言い伝えなんだ。

坂上田村麻呂の蝦夷(えみし)征伐の話なんか、中央政府のご都合で作り上げた東征譚に過ぎないけど、それはとりあえず措(お)くとして、打ち取った竜の首を岩殿山のふもとに埋めたところ、そこがいつしか水を湛えた池となり、「弁天沼」になった。しかし、竜の首が沈んでいるものだから、カエルが住み着かない。だから、人々は「鳴かずの池」と今でも呼んでいる。そばに榎(えのき)の古木もあるし、ここも私の散歩コースだった。

「鳴かずの池」は岩殿観音から参道を下り、九十九川(つくもかわ)の橋を渡った畑の中にあるんだ。この岩殿観音はかつて江戸から川越経由で大勢の参詣者がやってきたようで、参道には門前町の賑わいを感じさせる宿や遊郭跡らしき建物も残っていて、境内下の丁字屋旅館は昭和の初めまで営業していたという記録があるし、その玄関の上には、日本橋馬喰町とか蔵前とか団体で来た参詣者の名札がかかっている。もちろん男衆は観音詣での精進明けに色遊びをして帰ったんだろう。参道脇には旅籠屋などのほかに、往時をしのばせる元鍛冶屋の表示をつけた家もあったりするんだ。

私の働いていたD大学のキャンパスは、そんな面白い場所の近くにあったわけだけど、岩殿山を突っ切って直線距離で西へおおよそ二キロの位置にＪＡＸＡの地球観測センターがあって、巨大なパラボラ・アンテナが並び、最新鋭の機器をそろえて観測衛星から届いた地球環境の情報を分析している。中世の竜退治の伝説のあるところと、先端科学技術を駆使している場所との対比がなかなか愉快じゃないか。

その「環境」のテーマで言うのなら、南側の五百メートルほどのところだけど、こども動物自然公園の敷地内に大学付属のビアトリクス・ポター資料館があって、イギリスの湖水地方のヒルトップ農場の家を再現したもので、もちろんピーター・ラビットが主人公ではあるけど、ポターはナショナル・トラスト運動に大きな役割を果たした人だしね。それと忘れてはいけないのは、北へ四キロくらい行った都幾川沿いにある丸木美術館でしょう。丸木位里・丸木俊の「原爆の図」くらい世界各地を巡回している作品はないと思うほどだけど、その意義の大きさはともかく、私はむしろ位里の妹の大道あやの絵にとても心惹かれていた。この丸木美術館は財政難で危機的な状況にあって、大学が支援しなくちゃだめだと何度も歴代の学長に提言やら直訴やらしたけど、いつも空返事ばかり。理由は実にくだらない狭量な問題だったと推測できるけど、まあ、予想どおりの結果だった。

それと、岩殿観音の隣の物見山に埼玉平和資料館、鳴かずの池から三キロくらいのところには、千五百万年前の地層から出てきたサメの化石なんかが展示してある記念館があるし、その近くにはかつて秩父セメントが貨物輸送に使っていた廃線敷なども残っているんだ。

何の話だったっけ？　そう、だから大学キャンパスはこうしたユニークな場所の交差地点にあって、時間軸を貫く重層した意味を持ったロケーションだった。樹齢七百年の大銀杏、悪竜に坂上田村麻呂、鳴かずの池、仁王像、ピーター・ラビット、JAXA、丸木位里・丸木俊、秩父セメントの廃線敷などといったものだけでも重ね合わせてみれば、時間軸が揺れて、虚構と現実が混淆する幻惑的な面白さがあるはずです。

いや、一人重要な人物を忘れていた。さっき述べた岩殿観音に関係したことで、再興に貢献した比企能員の存在です。やれやれ、ここでようやく話したかったことに近づいたみたいだね。

ところでさ、この店、さっきから気になっているんだけど、わざわざメニューにみそ汁が入っているね。これって流行りなの？　違う？　そうか、知らないか。どうしてかというと、昨日ね、池袋西口のロマンス通りの路地を歩いていたら、〈熟女バー　ゆきこ〉という店があって、入口の宣伝文句に、〈アラフォー美女、ただいま出勤中、おいしい味噌汁、ご用意してます〉とあってね、だからみそ汁のことに興味を持ったわけなんだ。おふくろの味なんかを売り物にするアラフォーって、誰が心惹かれるのかな？　若者かい、それとも年寄りかい？

わからないか。ごめん、比企能員のことだったね。源頼朝の乳母だった比企尼の甥でもあったから、幕府に重用されて有力御家人になったけど、頼朝の死後、ライバルの北条時政に謀殺されてしまったわけだ。それで、孫の比企員茂が能員の菩提を弔うために岩殿山の南東の中腹に判官塚を築いたのだけれど、七百年ほどたった一九八〇年代半ばに、D大学のキャンパス拡張工事によって潰され、新たな土地に移設した経緯がある。

その塚というか祠(ほこら)は、私が長年過ごした研究棟の土地にあったらしい。形ばかりのお祓いはしたようだけど、何事もないはずがないとは思う。実際、妙なことがあったんだ。夜になると、研究棟の薄暗い廊下を武者姿の亡霊が出るという噂があってね。でも、うかつというか何というか、当時の私はこうした話を知らなかったし、関心もなかった。

ただし、気がかりなことがないこともなかった。この研究棟に所属する教員たちは、なぜか在職中あるいは退職直後に亡くなる者が多くいたんだ。外国語学部の英語教員が五十七歳、東大から着任した国際関係学部の中東研究者が六十九歳、東洋哲学の教員が六十六歳、ドイツ語教員が六十八歳、イギリス人教員は定年退職一カ月後に七十歳とか……、他にもいるけど、いちいち数えるのはもういいや。

亡霊のかっこうは、見たと証言する者によって違っていて、鎧姿(よろいすがた)だとか、兜(かぶと)をかぶっていたけど顔がなかったとか、経帷子(きょうかたびら)だったとか、髪を下ろし、右手を突き上げ、憤怒の形相だったという者もいる。ただ、こうした武者姿の亡霊のことを伝え聞いたのは、私自身が異形の何者かの気配を実際に感じたあの夜の出来事の後で、それまではとにかく因縁めいた話など、ほとんど知らなかったんだ。

今から十五年ほど前の晩秋の夜のことでね、大学祭の終わった翌日の休校日で、昼間でも人気(ひとけ)はあまりなくて静まりかえっていた。夕方には、研究棟にいる人はいなくなっていたけど、私は急ぎの仕事があって夜遅くまで部屋に残り、気が付くと十時を少し回っていた。トイレに行ったついでに、在室表示の電光パネルを念のため確かめると、私のところだけ心細く光っているのが、何か不吉な感じだった。

帰り支度を始めたころだったか、遠くから廊下を重々しい音を引きずるように進んでくる人の気配がしたんだ。ひどく緩慢な近づき方が、かえって気味悪くてね。とっさにドアの鍵を確かめたり、武器になりそうなものを探したりしたけど、そんなもの何もありはしない。たまに守衛さんが見回りに来ることがあって、部屋の明かりがついていると、ドアの外で「ご苦労さまです」と声をかけてくれたりして、「ありがとうございます」と答える遣り取りをするんだけど、それだけで安心感があった。でも、このときはどう言っていいか、得体のしれない重い軋み音を引きずって、何者かがゆっくりと私の部屋に近づいてくる、妙に濃密な気配を感じたわけなんだ。

耳を澄まして身構えると、なぜか足音も止まる。おそるおそる帰り支度を始めると、鎧が軋むのか金具がこすれる音がして、とにかく重々しく体を運ぶ音がゆるやかに近づいてくるのさ。そんなことを何度か繰り返しているうちに、ドアの外でぴたりと足音が消え、かすかに息遣いが聞こえる。何者か判らない存在の息の音がこれほど怖ろしいとは知らなかった。気が動転しながらも亡霊だという認識めいたものがはっきりあったのは、こいつはドアも壁もすっと通り抜けてくるに違いないと確信していたせいだよ。

でもね、このときの心境はけっこう複雑で、怖ろしくはあったけど、すべてが誰かの仕組んだ冗談にも思えたわけなんだ。だから今にして思えば、次にとった奇異な行動は、そうしたわけの判らない意識の反映だったかもしれないね。

どうしたか？　まず部屋の明かりを消したわけ。暗闇のなかに身を潜めていれば、こちらだって闇の住人だぞって、仲間を偽装して対抗する感じでね。ところが、外からドアノブを回す音があって、開かないとなると、扉を素通りして部屋に入ってくるぞって覚悟した。それで、これもまた自分でも意外な行動だったんだけど、いきなり怒りにかられた犬の吠え声が口をついて出たんだ。そう、犬の声がね。怒りの喧嘩声、威嚇の吠え声、遠吠え、甘え鳴きとか、だいたい十種類くらいの犬の声の使い分けができて、子どものころからの数少ない得意芸で、この声色には自信を持っていたわけさ。何しろ、ずっと犬を飼っていたからね。

それで、ドアの外に向かって、最大限の吠え声を犬になりきって、胸にたっぷり空気をためこんで、ウォー、ウォーン、ウォン、ウォン、ウォン、ウォン、ウォ、ウォ、グガー、ウォン、ウォン、グォー、グガー、あっ、みなさん、すいません、こんな店のなかで披露することはなかったですね。驚かせてしまいました。はい、はい、わかってますよ。失礼しました。

で、何だっけ？　そう、犬の声色ね。どれくらい続けたのか、はっきり覚えてないけど、無我夢中だった。本当は、四つん這いになって、顔を上に向けて吠えると一番それらしい効果的な吠え声が出るんだけど、さすがにそんな余裕はなかった。でも驚いたね、その後、武者の亡霊らしき者の気配は、ゆっくり遠ざかっていくのが判った。それでも警戒を解かずに、息を殺して耳を澄ましていると、いきなり研究室の電話が鳴りだして、度肝を抜かれたんだけど、何かその呼び出し音が日常的な意識に戻る縁のような役割を果たした気がする。

ふといま思い出した。トマス・ド・クインシーの「『マクベス』における門を叩く音について」というエッセイがあったね。マクベスがダンカン王を殺害して日常の時間が停止してしまい、外界との関係は断絶し、暗黒の世界になったのだけど、王殺しを遂げた夜の明け方、誰かが城の門を叩く音が聞こえて、その音こそが日常的な時間を闇の世界に流入させ、生の鼓動が回復して、これによって殺害者マクベスを孤立させる効果があると述べたんだ。ちょっと大げさかもしれないことを承知で言うと、あのときの研究室も電話の音が夢魔のような時間を断って、日常的な意識を戻す働きがあったような気がする。それでも、実際はちょっとちぐはぐな事態で、守衛室からの電話連絡だったんだ。

「こちら、守衛のタキザワですが、何かご用ですか?」

こちらから電話をかけた覚えはない。

「いえ、とくにありません。そろそろ帰りますので、研究棟の施錠をお願いします」

「そうですか。では、西口ドアからお帰りください。ほかは閉めてありますので」

夜の坂道を駐車場に向かうとき、いつでも犬の威嚇の吠え声が出せるような態勢を作っていたのは、我ながらおかしかった。

しばらくして教職員の小宴があった折に、この武者の亡霊話を総務課勤務の相撲部のY監督に話してみた。

「また、出ましたか。それは比企一族の怨霊ですよ」と大きな身体を縮め、Yさんは身を寄せながら、囁き声で助言してくれたんだ。

「早くお祓い(はら)をしてもらわないとダメですよ」

「お祓いですか？」

「そうです。三カ月くらい前、宇田先生も悪霊祓いの祈祷をしてもらいましたよ」

「環境科学の宇田先生が？　それは知らなかった」

「いちいち人に伝えることでもないですから」

「効き目はあるんですかね」

そう私が言ったとたん監督は顔をしかめ、大ジョッキのビールを飲みほした。

「そりゃないよ。信じなきゃ、どんなことだって効き目なんかあるはずないでしょ。はい、この話はこれにて打ち止めです」

反対隣に座っていた日本史のHさんが、とりなすように話に加わった。

「Sさん、やっぱり祈祷してもらったほうがいいと思いますよ。私もいっしょにお願いしたいんで、どうですか？　実は前からちょっと気にはなっていたんで、いい機会だし」

「そう、それが、いいですよ」と監督は言い、使い込んだ革のポシェットから手帳を出した。

「日取りを決めてください、最初は私が神主さんに連絡をしておきますから、あとはよろしく。坂田八幡神社の宮司さんです」

「あのー、坂田さんは、稲荷神社じゃないですよね？」

「Sさん、何を言ってるの。八幡神社だから、稲荷のはずはないじゃないですか」

Hさんは慌てた口調で言った。

「いや、キツネと犬は折り合いが悪いもんで……。私は、戌年（いぬどし）なんですよ」

「八幡様ですから、だいじょうぶですよ。じゃ、とにかく手配しておきます」

そんな遣り取りのあった後日、坂田神社の宮司から電話があり、神棚を含めて神具は持参するが、供え物を用意しておくように言われた。米、塩、神酒（みき）、頭（かしら）付きの鯛、昆布、果物、榊（さかき）の枝などだった。

宮司は五十歳前後の度の強そうな眼鏡をかけた痩躯（そうく）の男だった。白装束に着替えてからの所作の一つ一つが意味ありげで、最初に白木の神棚を組みたてるときも、ところどころで何やら呟き、手を合わせる。おもむろに供え物を八足台に並べたところで、いよいよ始まるかと思ったが、その前に神主に促され、米を半分ほど持って外に出た。軽く米粒をつまんで研究棟の四隅に置き、お祓いをした。短く祈祷があり、塩がまかれた。

私の研究室に戻り、悪霊払いの大幣が大きく振られ、「祓へたまえ、清めたまえ」と祝詞がとなえられると、声も次第に甲高くなっていった。Hさんの研究室でも、ほぼ同じ順序で儀式は進んだが、途中でなぜか棚から古文書の資料が落ちると、坂田神社の神主はそちらに向き直り、なおいっそう大幣を勢いよく振った。

祈祷が終わり、次の場所に移動しながら、「きましたね」とHさんが小声で言うと、「はい、きてますね」と宮司は冷静に応じた。

最後に研究棟全体の悪霊除伐のために選んだのは、二階踊り場に面した場所で北側の上下階段と東西南の通路が交差する建物の中央だったが、神棚の台を組みたてているとき、宮司は急に手を休めてしゃがみ、床と壁の隙間を覗き込んだ。

「この割れ目、小さくはあるのですが、ちょっと気になります。ガムテープみたいなもので結構ですが、何かありますか。こうした隅っこのひび割れから悪霊や怨霊が侵入してくることがあるんです。祈祷が終わったら、はがして大丈夫です」

「ありますけど、ガムテープなんかでいいのですか。とにかく、すぐに持ってきますね」

Hさんは小走りで研究室を往復した。

大幣が厳かに左右に振られ、最初こそ前の二室と同じように、「祓へたまへ、清めたまへ」と落ち着いた声で音吐朗々と祝詞が始まったが、しだいにクレッシェンドの度を強めるにしたがって、宮司の右肩が下がり出した。それを戻そうとすると、今度は左に身体が傾きすぎる。声は上ずり、裏返り、喉を絞った尖り声となり、恐怖の冷感が私の背筋を走り抜けた。横に立つHさんの様子を窺うと、目を閉じ、唇を震わせていた。

休日で研究棟には誰もいないはずなのに、男性教員と女性教員の二人が甲走った声の響きに部屋から誘い出され、いつの間にか背後に並んで手を合わせていることに気づいた。祈祷は悲鳴のような、怒りのような、威嚇のような、嘆きのような声となって目まぐるしく変幻し、ついには白い衣装がまるで風を受けたようになびき、「ひーふーみ、よいむなやー、こーとーもちろーらーねー」と悪霊封じの呪文とともに、宮司の身体が前に崩れたが、かろうじて膝を立て大幣で空気に渦をつくるような所作で激しく振った。しばらくするとその勢いのまま立ち上がり、意外にしっかりした足取りで、私たちの左側から背後へ声を絶やすことなく回りこみ、神棚の前に戻ると声をゆるやかに鎮めていきながら、柏手を打ち拝礼した。こちら側に向き直った顔は上気し、額にうっすら汗が光っていたのを覚えている。

「これにて、終わらせていただきます」

「身が震えっぱなしでしたよ。あれほどの迫力ある声になるとは、いや、驚きでした」

と私は素朴な感想をもらした。

「はい、これほどの抵抗があったのは、私も初めての経験です。祈祷をやめさせようとする邪気がたくさん襲ってきて、押し返すのがたいへんでした。ご覧になったでしょうが、一度は圧倒されかかったんですけど、おかげさまで何とか持ちこたえました」

「これで、研究棟の悪霊退治になったわけですね。ありがとうございました」

「いいえ、それは違うのです。退治はしていませんし、それはできません。ここからお引き取り願っただけですから」

軽口めいた挨拶とは裏腹に、私の思念は別のところにあった。当初、私の気分は好奇心の促すままに取り留めなく漂っていた。ところが宮司の祝詞の声が勢いを増すにつれて、私は息を殺し、固唾をのんで見つめ、あたかも一つ一つ声の折節と刻一刻の動作を深く身の内に吸収していくような思いだった。名づけることのできない、何か超越的な存在との触れ合いという心肝に沁みる体験に立ち会っていたのだ。

「じゃましに来たのは、やはり比企一族の武者姿の亡霊でしたか?」

Hさんは玉串料を渡しながらたずねた。

「いえ、それも違います。武者たちの怨念に取りついている悪霊です」

「そうですか。悪霊や妄霊は、人間の怨念を好餌にしているということでしょうかね」

Hさんはひとり呟くような口調で言った。

バス停に向かう帰り道、口数の少ない私に向かって、Hさんはこんな話を付け加えた。

「例の夜の研究室のことだけど、武者の亡霊を犬の吠え声で追い払ったと言ってましたね。実を言えば、それは正しい方法だったんですよ。ご承知かな、私の前任校は、鹿児島でしてね。専門は古代史ですけど、薩摩藩のことも調べていました」

「もちろん、存じ上げていますよ」

「それで、薩摩藩が参勤交代で江戸に上る道中、行列の先頭を進む薩摩隼人は、十字路や道の角にさしかかると、犬の吠え声を発したんです。悪霊はそうした場所に潜んでいるので、隼人たちは犬の吠え声をあげて邪気を払い、それで行列は進んだというわけです」

「そうだったんですか」

「はい、ですから、その特技は大事にした方がいいですね」

とHさんは笑い、その冗談めいた言い方に続けて、自分でも犬の鳴き声の真似をするのかと思ったが、それはなかった。

坂道を歩く私たちの影が重なっては、樹影に吸い込まれたが、なぜかそんなことも清新に感じられた。

と、まあ、こんなエピソードだったけど、本当に話したことなかった？　で、祈祷のすんだ後、当然というか不思議というか、在職中に亡くなる教員はいなくなった。私も何とか無事に定年まで勤めあげたしね。何でしょう？　ああ、犬の声ことね。いやいや、幸か不幸か、そんな特技を発揮するチャンスなんかないよ。暗い夜道の十字路にさしかかったときなんか、たまに頭をかすめたりはするけども、それだけのことです。そう、言い忘れていた。いつの間にかお祓いに加わっていた男女の教員のことだけど、「あの人たち、見たことないね、誰かな」って、しばらくしてHさんに聞かれたんだけど、私にも覚えのない人たちだった。二人そろって幻の人影に遭遇したのかもしれない。それにしても、いったい誰だったのか。

何たる醜態、痴態であったことか――インド更紗が語る

稀少カマキリ殿の七十余年の長命が偉大ならば、十七世紀以前のものだと国立博物館の技官から鑑定を受けたおのれは歴史に名を刻んでも恥じない存在かもしれん。申し遅れたが、それがしはNがかつて書き残したことのあるインド更紗でござる。大海を東インド会社に運ばれたりしつつ、あちらこちらへと奇異な漂流の歴史があり、花と蔓が絡み合った約十五ミリ幅のボーダー部分を切り取られ、村山槐多の「湖水の女」の額縁の溝に、その花模様の更紗が埋め込まれた逸話も持つものである。それがしの細い布切れの収まった当の額縁と絵は箱根のポーラ美術館で再会できるので喜ばしいことである。残った布、即ちそれがしは、額装されてNの住まう〈土龍庵〉の地下室の壁にかかっておるのだが、「おい、たまには埃(ほこり)くらい払ったらどうだ」と文句をつけたい程度の不満で、

まずまずの時を過ごしてきたところである。

しかしながら、もう一つ忘れてもらっては困る事実があるのだ。それがしには中央で断ち切られた半身が存在していたのである。行方知れず、もはやこの世から消えているであろう。

いつの時代であったか、たぶん十九世紀中葉だったと思う。それがしたちはマカオの媚薬専門の薬師宅のテーブルの上にあったのだ。ある日の夜、「新薬お試し会」とかで、いささか自信のない男どもが大勢集められた。もちろん、お相手の美女たちも薬師の特別な計らいで、別室に待機していたのだ。新たに開発した媚薬催淫剤の成分は、先のカマキリ殿と同様、それがしには無縁の毎日とはいえ、頭にこびりつき、おおよそ復唱できるのである。

アブラナ科の根菜植物のマカを基本に、高麗人参、ロクジョウ（鹿茸）、カイクジン（海狗腎）、オウセイ（黄精）、チンピ（陳皮）、カシュウ（何首烏）、トウキ（当帰）、トカゲ（蜥蜴）、センキュウ（川芎）、タクシャ（沢瀉）、ゴミシ（五味子）、ハンピ（反鼻）、モッコウ（木香）、コウモリ（蝙蝠）、ブクリョウ（茯苓）、ジョテイシ（女亭子）……、それと決定的なエキスがあったが、もうこのへんでいいだろう。

幸か不幸か、効果は絶倫至高の狂乱の様相を呈したのである。自信欠落、劣等感に打ちひしがれていた男どもが情火の炎の化身となって、妖麗極まる美妓、艶女たちが登場するや、我先に飛びかかり、押し倒し、それがしたちが微睡んでいたテーブルの上に引き上げ、阿鼻叫喚の乱交の徹夜祭の惨状が続いたのである。女たちも怒号にも聞こえるマカ不思議な歓喜の叫びをあげる有りさま。人間どもの何たる醜態、痴態であったことか。

悲惨であったのは、テーブル上の我がインド更紗だ。半身が狂乱の愚昧至極の人間どもの劣情暴発の犠牲になったのである。情けないことに、花柄の美麗な更紗の半身は、人間どもがのたうちながら垂れ流した、わけのわからぬ粘液にすっかり汚されてしまった。更紗は半分に断ち切られ、その後の運命は不明のままだ。たぶん処分されてしまったのであろう。それがしもまた半身になったが、毒液の被害は免れた。言うまでもなく、心中は複雑、ときに心の隅まで嵐が起こる。

以上、人間どもの醜態の残した汚穢（おわい）の歴史の一つとして、屈辱に耐えつつ、この更紗自ら声を発した次第である。合掌。

お電話、お待ちしていまーす——テレビ・ショッピングのT商事・W社長が語る

はい、おわかりいただけましたでしょうか、きっとお年を召したお宅のワンちゃんもネコちゃんも、跳び上がって大喜びするはずです。飼い主さんの声が大きくクリヤーに聞こえる、ペット用の耳穴集音器！　充電式なので面倒な電池交換が不要、先日大きな反響と強いご支持をいただいた、あのワンちゃんネコちゃん用の老眼鏡に続く、画期的なペット用品です。

はい、みなさん、ただいまから三十分、ご奉仕特別価格でご提供します、送料込みで五千九百八十円ですが、今日だけの大幅値引きで、さらに二千円引いて、何と三千九百八十円、三千九百八十円です。愛するペットちゃんとお暮らしのみなさん、お電話お待ちしています。フリーダイヤル、八〇八—〇五九—六三八〇です。やれやれ—ごくろうさん—やれ、と覚えてください。お電話番号

をお間違いのないようにお掛けください。

さて、みなさん、お待たせしました。本日の超特別商品、いよいよ登場です、これさえあれば、みなさんの長年の深い悩みが、いっぺんに消え去ること間違いなし、よろしいですか、メモの用意をなさってください。

はい、それではご紹介します、これです！　いよいよ待望の商品の登場です。

なんと、なんと、足裏バリカン「バルカン一号」！　でも、お待ちください、これまであったペット用の足裏バリカンとはまったく違うんです。切れば切るほど延びてくる、あのやっかい極まりない、人間特有の剛毛、縮毛、巻き毛が、たちどころに除去できるんです。

ご覧ください、この頼もしい回転刃、ここに企業秘密のメカニズムがあるのです。これまで誰もが処理に困ってきた、足の裏に無遠慮にどんどん生えてきてジャングル化の一途をたどる毛髪地帯の悩みが、これからは、どのような悪条件にある毛でも、そっと足裏に添えるだけで、すっきり消えていきます。これまでどこのメーカーも解決できなかった、毛根の奥の奥まで、すっきりと切り取ります。ですから、二度と生えてきません。しかも切り取った毛は、たちどころに超微粒子の粉末状態にしてしまいます。しかも静かでノイズはありません。ペット用の足裏バリカンでしたら、この振動音がワンちゃんやネコちゃんを恐がらせて、ブルブル体を震わせてしまったのはご存じのとおりですが、これは違います。この静粛性、すごいです。蚊の音のほうが大きいくらいです。

ただし、みなさん、一つだけご注意があるんです。この画期的な足裏バリカン、ペットちゃんたちには決してお使いにならないでください。毛根の奥まで作用して、永久脱毛に近い効果がありますので、ワンちゃんネコちゃんには強すぎます。人の場合も、お体の他のデリケートなブッシュ地帯にお使いになることはお勧めできません。あくまでも、私たちを悩ましてきた足裏の獰猛な毛髪退治のために特殊開発された商品です。

さて、この「バルカン一号」、お手入れも簡単、水洗いオーケー、こんな便利な道具が欲しかった、と大きな歓声が聞こえるようです。すでに試作品のモニター段階で、足裏に三十センチもあるふてぶてしい長髪が、たったの三分で処理できたのです。何しろ場所が場所だけに、毛がからみついて、じめじめ不衛生きわまりないじゃありませんか。嫌ですね、みなさん。でも、これからは、すっきり快適生活が約束されますよ。

いたずら盛りのネコちゃんとご一緒にお暮らしの方は、ゆらゆら動く足裏の毛髪に飛びかかっては、じゃれつくネコちゃんに、ほとほとお困りだったと思います。しかし、みなさん、もう大丈夫、この新登場の足裏バリカン「バルカン一号」が、私たちの悩みを解決しました。医療器具ではありませんので、誰でもお気軽に手にすることができます。

それにしても、二十一世紀に突然出現した奇病の悩みは深刻です。足裏の異常な毛髪の繁茂と群生、二十世紀を通じて、私たちがあまりにハゲを憎悪し、抑圧し、虐待し、笑いものにしてきた結果、いつしかハゲの激しい反発と怒りと復讐に遭い、「おう、それならどんどこ生えてやろうじゃないか」と爆発的な一斉蜂起、怨念まみれの一念発起で、雑草のようにたくましい、そして除去のきわめて困難な、大量の毛髪が足裏にはびこる事態に直面してきたわけです。

でも、はい、みなさん、今やこれほどの朗報はありませんよ。この驚くべき新製品の足裏バリカン「バルカン一号」こそが、足裏に異常増殖し続ける体毛どもを退治するのです。そして足裏をすっきりと理想に近いハゲ状態にする「バルカン一号」、いよいよそのお値段の発表です。

本日のみの特別価格二万九千九百円です。これだけ画期的な機能を備えた製品が、二万九千九百円ですよ、みなさん。しかし、ちょっとお待ちください、ここまで視聴していただいた方に感謝をこめて、さらに五千円の値引きをして、二万四千九百円でご提供します。みなさん、こんなチャンスは二度とありません。ですが、今から三十分以内の申し込みの方には、さらに特別価格でご提供します。いいですか、みなさん、メモのご準備はよろしいですか？

なんと、なんと、送料込みの一万九千九百円でお分けします。お急ぎください、みなさん。さあ、「バルカン一号」、一家に一台ゲットするチャンスです、今すぐお電話ください。受付電話を増やして対応中です。では、フリーダイヤル、八〇八―〇五九―六三八〇です。やれやれ―ごくろうさん―やれ、と覚えてくださいね。どうか番号のお間違いのないようにお掛けください。では、お電話、お待ちしてまーす。八〇八―〇五九―六三八〇、やれやれ―ごくろうさん―やれ。

虫めずる姫君よ、助けをこう——青虫が語る

青虫なんだから、まだ幼虫ということになるわけだけど、成虫と同等の独立した存在と考えてほしいんだよね。信じてもらえなくても結構なんだけど、生存戦略も生き残るための言語も確かなものがあるし、幼いというのは誤解なんだ……、などと威張ってしまってから、実は情けない窮地におちいったことを言わなければならない。

昨日からアブラナの葉をたらふく食べ過ぎたせいで、うかつにも地上に向かって身を投じるかのような、ひどくぶざまな恰好(かっこう)で落下してしまい、元いた葉っぱのところなんかに戻るのはとても望み薄なので、地を這って、何とかヤツデの木までたどり着こうと身をよじらせてみたものの、まずいことに黒蟻の行き来する道を横切ることになってしまった。

あわてて何気ないふりをして、やがて羽化してアゲハ蝶になり、優雅に空を舞う姿を懸命に思いえがいて自分を励ましたりもしたけど、でも何だかそれは滑稽な様子にも感じたりしているうちに、くさいくさいと嫌がられているツノが一匹の蟻に触れてしまった。

その瞬間、蟻のやつが幸運な餌食の出現に狂喜して、いきなり喰いついてきて、小さい体をしているくせに噛みつき力の強烈なこと尋常ではなく、痛いのなんのてありゃしない。しかもそれを合図にぞろぞろと仲間が集まってきて、いちいち数えたわけじゃないけど、十数匹はいただろうか、そのなかには嬉しさで喜色満面のやつもいたり、実に憎たらしい。あなたは黒蟻の笑い顔なんか見たことはないだろうね、顎を外して顔全体を平たく歪(ゆが)めて笑うんだけど、その醜怪さたるや、あなたら人間といい勝負だと思う。

そこでこのときのために保存しておいた悪臭の液をツノの先から噴射したところ、悔しいことに効き目がぜんぜんなくて、それどころか軟らかい胴体は反りかえって、命の残りを抱きしめるように丸まってしまい、威嚇用のくさい液などじゃ、たちうちできない。逆に蟻どもの毒が緑色の表皮から全身にじんわり回りだして麻痺が広がり、いたるところだらしなく弛緩(しかん)し、我が身は仰向けに伸び切ってしまったのだけど、それでも、「そうか、自分の青い肉の長さはこれほどあったのか」なんて、のんきな身体サイズの自己認識に至ったりしたが、その拍子にふとひらめいたことがあり、それはこういう危機に瀕したら、あの姫さまに助けを求めろという古くからの貴い言い伝えなのだ。

「ひめよ、ひめ、けしきだちたまへ、いざ、ここなるいのち、たすけたまえ」と呪文をとなえると、『堤中納言物語』のあの本家本元の元祖虫ガールとして知られる「虫めずる姫君」が、千年の時空を超えておいでになるというのだ。けれど、悲観的な思いもあり、きれいな蝶になるような青虫なんかには関心がなくて、もっぱら恐そうな毛虫を溺愛しているということらしい。

この期に及んで、姫君のことをあれやこれやといちいち詮索しても、まさしく詮無いことではあるけれど、噂話を聞くだけでも、この青虫の心でさえわくわくと興奮してしまうのだ。しかも会ったこともないのに、今にわかに姫が旧知の間柄みたいに感じられ、あれこれ想念が走るのはどういうわけだろう。

毛虫って、かわいいし、それに、手のひらに乗せて、じぃーっと見ているとわかるけど、何だかとても思慮深そうな姿というか、動きというか、雰囲気というか、そんな感じがあるじゃない、理解できない？　じゃ、父と母と同じね、やさしくて娘思いの人たちで感謝はしているけど、やっぱり世間並みの考え方の人だもの。

と、まあ、こういった具合に、姫があくまでも虫好きを貫くのは偉い、と青虫の立場であれ、あれこれ思い描きつつ、しみじみ感じ入ることしきりで、姫の若い侍女たちはお世話しようにも、気味が悪くて、恐れおののき、右往左往するばかりなのだ。虫など恐がりもしない身分の低い雑用係の男の子たちを近くに呼んでは、虫集めを楽しんでいるし、世間一般の女性の化粧などにも興味はなく、お歯黒も無視、眉の毛も抜かず、それこそ目の上に毛虫が乗ってるような、げじげじ眉毛で気にもとめないらしいのだ。

こんな異彩を放つ虫好きのはみだしお嬢様に、からかい半分で興味を寄せる上達部（かんだちめ）のボンボンがいて、帯の端を巧みに細工し、動く仕掛けまで工夫したうえ、ある小動物にそっくりなものを袋に入れ、懸想文（けそうぶみ）をそえて贈ったところ、姫と侍女たちの大騒ぎになった。袋から蛇が鎌首をもたげて現われたのだ、父が駆けつけると巧みな偽物とわかるのだけれど、ここでちょっと青虫として気になるのは、この蛇の偽物は青大将というやつなのかどうか、そうならば、ひどくそわそわ落ち着きをなくしてしまうわけで、まだ会ったことはないのだけれど、同じ青色の生き物として雄大な姿を誇っているらしいと仲間から伝え聞いていたからだ。

ついでに教えてもらったところでは、なぜ人間が蛇に対して違和感や恐怖を覚えるか。若いときに薬師（くすし）を志したアベノキミフサという物書きは、手足がなくのっぺりと胴体ばかりで、日常性から断絶した「欠如」からくる恐怖心だと言っているとのことだが、本当だろうか。それなら青虫だってほぼ似たような形をしているし、「虫愛ずる姫君」を例外として、ふつうは毛虫を毛嫌いしたり恐がったりするのは、「欠如」じゃなくて、もしゃもしゃ余分のものが生えているせいではないか。

まて、まて、いったい自分は何を考えている？　今は早く呪文をとなえるべき緊急事態ではなかったか。

もし、もし、あなた、聞いているかな？　どこの誰だか知らないが、そこのあなたですよ。何がおかしいんだい、笑っている場合じゃないのだ。働き蟻たちが、頑丈で勤勉な顎をせわしなく動かしているではないか。

それでは、助けをお願いすることにしよう、「ひめよ、ひめ、けしきだちたまえ、いざ、ここなるいのち、たすけたまえ」。どうだろう、来てくれるだろうか……、だめか、やっぱり。虫めずる姫君よ、ここに救出を求める青虫がいる、毛虫だけをえこひいきしないでくれないか。

蟻さんたちよ、せかせかしないで、もう少し一息入れるくらいのペースで働いたらどうなの、勤勉に動く顎だね、そいつがこの緑のふっくらした胴体をくわえて、あんたたちの穴へ分担して運び入れる作業をすることになるんだね、きっと地下の穴倉は命の残骸が重なり合う豊かな貯蔵庫だろう。この青虫、願ってもない新しい収穫物になるわけだ。

おい、蟻たちよ、胴体が半分入ったまま、動かなくなってしまったな。この先は図体がかさばって難しくはないか。何かじわりじわりと痺れてきたけど、どうなっているのか。体を曲げて入りやすい角度になってもいいが、ここまで麻痺しているんじゃ、できるはずもない。何だろう？　おや、聞こえるぞ、若い女性の声だ。誰かといっしょらしい。

あれ、あれ、間に合わなかったみたいだね、この状態じゃ、うちの邸の庭に運んでも、もはや助からないね、それにしても、蟻たちの集団の力はおそろしいほどじゃないの。男の子たち、みんなどうする？　せっかくいっしょに来てもらったけど、ねえ、ケラオ、ヒキマロ、あなたたちの考えは？　そうだよね、蟻たちの立場も考えないといけないし。じゃ、青虫さん、歌を一首置いて、これにて帰ります。

蟻　せわし
虫　息ほそく
横たふか
行く春の庭
日だまり　さみし

行方不明の魂など取り戻しに行けない――詩人Gが語る

暑気払いの怪談話をお望みとのことですが、あいにくご期待にはこたえられません。誰かと違って、そもそも私はゴーストなどにあまり関心はないのです。幽霊だの、亡霊だの、もののけだの、出たところで大して怖くもないでしょうよ。私は人間存在の深淵を覗くような話にこそ戦慄をおぼえるのです。でも、どういうことか説明し始めるとややこしい問題になりそうなので立ち入りません。

では、話を始めます。ずいぶん前のことになりますが、ある実験演劇の作家兼演出家のこんな体験談があります。彼のお気に入りの話のひとつでした。

アムステルダムでの公演を終えてロビーに出てくると、オランダ人の中年女性が作家を待っていた。

「ハンスはいま、どうしているのでしょうか？」

「ハンス、と申しますと、どなたで？」

「ハンス・ブルマです。わたしの夫なんですけど」

彼女の説明はこうだ。アムステルダム中央郵便局の配達員だったハンス・ブルマは、三年前のある日、二人そろってミクリ・シアターに、今夜と同じ東京から来た劇団の『邪宗門』を観にでかけた。劇が始まって間もなく、数人の黒覆面の男たちが、舞台から観客席に降りてきて、夫のハンスを無理矢理ステージの上へ引きずり上げた。

それからハンスは舞台の上で化粧をほどこされ、衣装も着せられ、劇の中の登場人物にさせられてしまった。彼女は劇の途中で、夫が他の登場人物たちといっしょに、ロープを引っ張る演技を楽しそうにやっているのを見た。

ところが、芝居が終わってもハンスは戻ってこなかった。二時間ほど待って、彼女は楽屋を訪ねたが、劇団員たちはすでにホテルに帰った後だった。その夜、ハンスは帰宅しなかった。次の夜も、また次の夜も、帰らなかった。劇団はオランダからドイツに移動したが、彼女は夫の演技力が評価されて、劇団入りしたのかもしれないと思った。ずっと、劇の中にいるのだ、と。

三年たち、夫を返してほしいと言われた作家は、自分も劇団員もハンス・ブルマなるオランダ人を知らないし、同行の事実もないと答えた。彼女は泣き顔になって、「それなら、いまハンスはどこにいるのでしょうか？」と訊いた。それは誰も判らない。

三年前、劇の中で蒸発してしまった中年のオランダの郵便配達員。ハンスは劇の中に消えていき、劇の中から消えていった。彼はいまどこにいるのか？

この行方不明のミステリーは、演劇実験室・天井桟敷の寺山修司がかつて『演劇論集』に書いた話をなぞったものです。「どこまでが劇で、どこまでが現実だったのかを論じることは、この場合には無意味であろう」と寺山が言うとおり、虚実はメビウスの輪のように反転します。

ずいぶんと古い話になりますが、私は渋谷公会堂でこの『邪宗門』を観たことがあります。たしか一回だけの公演ではなかったでしょうか。もはや記憶に濃霧がかかっていて、すべてが朧げなのですが、公演日が一九七二年の一月だったことは思い出せます。なぜなら、いっしょに出掛けた作家のNが記憶していたからです。彼はそのころ都市出版社の編集者で、ジェイムズ・ジョイスの『フィネガン徹夜祭』の刊行を終えたばかりで、次に寺山修司アフォリズム集の企画を考えていたのでした。でも、正確な公演日はともかく、芝居が始まる前の異様な光景は覚えています。

開演時間が大幅に過ぎてもホールの入口は閉じたままです。しだいに観客たちが騒ぎだし、抗議の叫び声を上げながら扉を蹴る者までいる始末でした。すると突然、黒装束の男たちが公会堂から飛び出してきて、客たちに罵声を浴びせながら、ゲバ棒のようなものを振り回しながら、客席へと追い立てます。何が起こったのか判らないまま悲鳴を上げるものもいて、誰もがパニック状態で会場に入ると、すでにJ・A・シーザーの呪術的な音楽が鳴っています。冒頭は「狂女節」だったでしょうか。静かに観劇する気分などなく、興奮がおさまらない状態ですから、話の流れもつかめない。隣のNに小声で説明を求めても、「後で言う」とそっけない。でも、後からだって何の解説もなく、終わったとたん、「仕事があるから」とか言って、遅い時間なのにあたふたと代々木の参宮橋の事務所に戻ってしまいました。

なぜ私がこの話を思い出したのかと言えば、この五月にソウルの安国駅(アングク)近くのアラリオ美術館での出来事があったからです。実験的な作品を収蔵したモダンアート・ミュージアムで、わざわざ観光客が立ち寄るところではありません。私も韓国茶を味わいに「韓食文化空間イウム」のカフェに行ったついでに入ったにすぎません。実際、大雨のせいもあって、いま思い出しても他に入館者がいたという印象はないのです。一人をのぞいて。

美術館は五階建てですが、フロアごとに部屋の構造が異なっていて、狭く急な螺旋階段を上り、暗い部屋を抜けてトイレのような狭い一角に入ると、そこも展示室で、小さな裸の人形が宙づりになっていたりします。暗い迷路を抜けると、闇の奥に懐かしいナム・ジュン・パイクの茶色の廃車のオブジェが覗いていました。屋根にアンテナのようなものが載っています。「ビデオ・アートの創始者」パイクは、主に一九七〇年代終わりから八〇年代までワタリウム美術館、そのころはギャルリー・ワタリと言いましたが、そこでたびたび個展を開いていました。懐かしさはあるものの、パイクといっしょに活動した時期のあるヨーゼフ・ボイスも同じですが、それほど鮮明な記憶はよみがえってきません。

さらに、階段を上り別の部屋に辿り着くと、アンディ・ウォーホル、キース・ヘリングとかつて前衛アート・シーンを賑わした人たちの作品に再会しました。

どこのフロアにも人はいません。警備の係員もいないのです。ただし、写真家のシンディ・シャーマンの部屋に入ったときだけは、人の気配がないのに、周囲から視線をあびているような、何か肌がざわざわする思いがしました。変装、異装をしたシャーマンのセルフ・ポートレートに囲まれていたせいにちがいありません。

私は何時間くらい展示室をさまよったのでしょう。入館時に、受付の若い女性がチケットを手渡しながら、中に入ると簡単には出てこられませんけど、オーケーですか、と英語で謎めいた注意をしたのを思い出しました。

帰ることに決めても、問題は出口でした。順路の矢印にそっていっても、地下の同じ展示室をぐるぐる回るだけなのです。こういうときこそ、係員が巡回していればいいのですが、どこにもいない。遭難者みたいに大声で助けを呼ぶのは、ちょっと大げさだし恥ずかしい。気を落ち着け、一階につながる通路を捜しました。そして手すりのついたスロープ状の通路に気づいたとき、突き当りの闇が溜まっているコーナーに女性の姿が見えました。すこし安堵があって、あの人の後をついていけばいい、と思い足を速めたのです。

期待した通り、正面に大きな鉄扉があり、「EXIT」と表示が目に入りました。女性は風のような軽い身ごなしで出て行ったのですが、扉を開けた瞬間に差し込んできた光に浮かんだのは、くすんだ紫のドレス姿でした。あれは着くずれた恰好(かっこう)の老女に変装したシンディ・シャーマンで、セルフ・ポートレートから抜け出してきたのではないか、と思ったのは何日も後のことです。

ほとんどの美術館は、出口を抜ければエントランス・ホールに近い場所に戻り、ミュージアム・ショップなどがあるものです。ところが、外に出てみると路地奥のような場所で、錆びついた鉄板に似た色の高いタイル塀で囲まれていました。女性の姿は見えません。とりあえず、右手の明るみの方向に進んでみました。ところが、その先がまた薄暗く迷路のように入り組んでいるのです。

どういうことか？　超現実的なアート作品の並ぶ非日常のミュージアムの空間をさまよい、「EXIT」から日常の現実に戻ったつもりが、そこがまた別の迷路的な非現実の場所への入口だった……、とそんな日常と非日常、虚と実が反転する美術館体験の面白さを考える余裕がひとときありました。

ところが、記憶を追うことのできない夢の中に入り込んだように、ただぼんやりと白濁した印象だけが残っていて、その迷路めいた場所からどのように抜け出し、どのような方法でホテルに帰り着いたか、よく覚えていないのです。気がつくと、ジャケットを着て靴も履いたままベッドに横たわっていました。バスルームから、栓が緩んでいるのか、水の音が細く聞こえます。デスクにはアラリオ美術館の半券が置いてありました。

そうした現実感覚とは反対に、たびたび見るあの美術館の夢は、何と鮮やかなことか。奇怪なオブジェや毒々しい色に塗られた絵画と戯れながら美術館をさまよう私はいつだって嬉々としているのです。

翌日、たしかに私の身体はソウルから東京の自宅に帰りました。でも、私の魂は美術館の迷路のどこかへと失踪してしまったのです。シンディ・シャーマンのポートレートから衣装を借り、白いドレスにたくさんのネックレスをつけて楽しげにポーズをとっているかもしれません。

連れ戻しに行こうかと思わないこともありません。しかし、ひとたび失踪した魂は見つかった例などないと聞きます。誰が会いに行ってもむだでしょう。人の目に見える魂は、魂ではないのですから。

ネギと玄米パンと——Eメール文書でSが語る

（二〇一一年三月、東日本大震災の当時、学生に向けたSのEメール文書を復元した）

みんなの無事を確認し終えたところで、受講生のA・Tさんからメールが届きました。不安、おびえ、怒り、焦り、そして名づけようのない感情に突き動かされ、翻弄されていることは、私自身もそうですし、よくわかります。これからの生き方の根源的な問題とどうしたって結びつけてしまいます。メールのなかで、「今までの何気ない日常がいかに貴重なものであったか、これほど実感したことはありません」とありますが、誰もが強く思い抱くことですね。それだけに凡庸な感慨ではあるかもしれません。しかし、この凡庸さに潜む意味の深淵は底知れぬものがあります。

それでも月日が経つとどうなるか。そうした実感は希薄になり、やがて貴重な教訓も脇に放置されたまま、記憶がかすんでしまうことは容易に想像できます。深刻な問題が山積していても、私たちはきっと十年もすれば何事もなかったように日々を送るでしょう。こんな予測は外れるほうがいいのですが、たぶん当たると私は思います。

あまり活気が出るような話ではありませんが、また別の恐るべき異変の出現が以前の危機を上書きしてしまう。そして日常への同じ感慨が繰り返されることになる。やがてその先に何が待ち構えているか……。いや、私が言いたかったのは、このような未来予測めいたことではありません。整理のつかない思いをあわただしく口軽に述べるのは控えて、ここでは私の経験した出来事をそのまま記すことにします。

三月十一日午後二時四十六分、私は東武東上線のA駅から自宅に向かうバスのなかにいました。税務大学校の研修所を過ぎ、自衛隊の基地を左右に見る信号機のない直線道路でスピードが上がったとき、急ブレーキがかかり、車体がやや左に傾いたまま宙に浮いた気がしたのです。衝撃はないのに、私はとっさに事故だと速断しました。

停車したものの、バスは激しく揺れている。木々が枝を振り、電柱が左右にぐらつく。激しさを増していく振動に、「ついに来たか」と思いながら座席の背にしがみついているとき、私の斜め前にいた二十歳くらいの女性が、「やだ、やだ、やだ、こわい」と声を上げてから、言葉にならない叫びとともに、泣きはじめたのです。

女性のパニック状態は乗客たちの間に新たな不安を増幅させ、運転手の「救急車、呼びましょうか?」という問いかけも間の抜けたものにするほどでした。地震の揺れが収まっても、娘さんの不安の叫びは続き、私が「もう終わったから大丈夫ですよ」と声をかけても、耳に入らない様子だったのです。このとき、前の座席から小柄な中年の女性が静かに近づき、中腰で娘さんを抱くようにして背中をさすりながら励ましました。

「ゆっくり息を吐いて、それから自分の吐き出した空気を、そっくり取り戻すように吸い込んでみて、そう、ゆっくりでいいのよ。……ほうら、楽になってきたでしょう。じゃ、もう一度やってみて」

乗客たちに安堵の表情が広がったころ、最後部にいた厳(いか)つい雰囲気を漂わせる五十歳くらいの男が、携帯電話で緊急放送を大音量で流しはじめ、車内にアナウンサーの緊迫した声が広がりました。それを耳にした若い女性にまた異変が現われたのです。

私は男に向かって、「大きな音で聞きたけりゃ、バスを降りなさい」と注意したとたん、「ばかやろう、何が起こったか情報が大事だろうが」と男が凄みました。すかさず、中年の女性は「ごめんなさいね。音を大きくするの、しばらく我慢していただけますか。よろしくお願いいたします」と穏やかな声で頼んだ。男は素直に従い、娘さんも落ち着きを取り戻したのです。

運転は再開され、三つほど先の停留所で、小柄な中年の女性は何事もなかったように、無言のままこちらを振り向きもせず、バスを降りていきました。降車口に立ったとき、買物袋から青々としたネギが突き出て、玄米パンのパックが覗いていたのです。たぶん、娘さんへの対応は医療関係者の職業的な冷静さだったのかもしれません。しかし見通しのきかない危機的な状況が進むなかにあって、私はこの女性が身にまとっていた静謐な空気をたびたび思い出します。同時に、あの青ネギと玄米パンがゆるぎない日常の濃密な表象のようにも感じられてくるのです。

椎の実が落ちる音を聞く夜——国語教師Aが語る

（東日本大震災の年の春、埼玉県立女子高校の教師Aは、Sの公開講座を受講していた）

荒瀬の騒ぐような雨音が去り、陽射しが戻った。窓を開けると、隣の家からテレビの音が聞こえてきた。高く伸びきった女性の歌声が終わるやいなや、鐘が二つ鳴り、拍手がおこる。

日曜日の昼、「のど自慢」の時間になると、隣の老夫婦はきまってテレビの音量を上るのだ。私の家でも同じ番組を見ていたりすると、音にエコーがかかって共鳴状態になる。

「先月初めの新聞、知らない？」

と私は床に新聞の束を広げながら母に言った。

「四月のなら、古紙回収に出しちゃったと思うけど。記事ならインターネットで探せるでしょう？」

母は片づけの手際よさを誇っているような口調で応じた。

「覚えていない？　ほら、お母さん、言っていたじゃない。大震災の報道で、これほど心を打たれたものはないって」

「もうどの話だかわからないわよ。なに読んでも、涙がでたり、あきれたり、怒ったりしているからね」

「避難勧告の出ていた浪江町の人だったか、二時間だけ帰宅が許された日があったでしょう？」

「そう、そう、あれか、台所で食器を洗い始めた、あの私と同年代くらいの女性のことね」

「たった二時間しか滞在時間がないのに、家に戻ってまっさきにしたことが、食器洗いだったなんて。急いで避難したんで、放置したままの洗いものが、ずっと気になっていたんだと思う。ほっとしたようにお皿を洗っているあの写真を見て、お母さん何度も溜息をついていたでしょう」

「だって、すごい話だったじゃない」

「あの記事、エッセイの課題と何か関係があるような気がして、急に思い出したの」

現代芸術論の講座で先生が取り上げたのは、カフカの小品「ロビンソン・クルーソー」（池内紀訳）だった。難破して無人島に漂着したクルーソーが、わずかな道具を頼りに二十八年間の自給自足の生活を送る十八世紀初めのイギリス小説。この作品にカフカはユニークな寓話的解釈を加えている。

どうしてロビンソン・クルーソーは、生き延びることができたのか？　それは彼が「島の中のもっとも高い一点、より正確には、もっとも見晴らしのきく一点」に留まり続けなかったからだ、と。慰めであれ、恐ろしさであれ、理由はともかく、見晴らしのよい場所から沖合を通る船を待って遠くを眺めていたら、「彼はいち早く、くたばっていた」のだ。では、代わりに何をしたのだろう？「島の調査にとりかかり、またそれを楽しんだ」のである。命を存えることができたのは、日常生活へのたくましいほどの拘りと、あくなき好奇心によってだった。

このカフカの解釈にS先生は、こう説明を加えた。

〈危機にある人は誰でも、先行きを見通せる高みの場所からの展望をせっかちに求めてしまいます。でも、そここそが迷妄にみちた予測にあふれ、根拠のない楽観論が行き交い、結局はあらたな失望が繰り返されるのですね。むしろ自分の身近な日常的生活へのたくましい執着と発見の喜びこそが、生きる意欲を生み出すのだと思います〉

カフカの寓話の教えと貴重な時間に食器洗いを始めた女性の話とどこか深いところで結びついている気がする。

記事の載った新聞は見つからないので、図書館で調べることにした。いったん、カフカの寓話から離れて、同じ社会人聴講生のDさんの貸してくれた室生犀星の『愛の詩集』を読み始めた。愛をテーマにした本を渡して自分の気持ちを伝えようとする、そうしたDさんのちょっと古風でぎこちない率直さが私は嫌いではない。しかし、会っていても彼の方が三歳年下だから、生意気な弟を相手にしている気分になる。私は一人っ子のせいか、お姉さんの立場を楽しみたいのかもしれないと思ったりする。Dさんがいつも一方的に話し、私はゆったりと聞き役をつとめているのだ。

すぐに気づいたことだけど、生きることの深い哀傷にみちたこの詩集は、愛する人と読むのにふさわしいかどうか大いに疑わしい。私は妻子のいる二十歳ほど年上の予備校講師とのややこしい恋愛を終わらせたばかりだった。そのことをDさんは知っているので、ことによると彼なりの深慮が働いているのかもしれない。もしそうだとすれば、その純な行為自体が痛ましく感じられる。しかし、そうした思いがすべて遠のいてしまう一篇の詩が私の心に沁みこんできた。

タイトルは「初めて『カラマゾフの兄弟』を読んだ晩のこと」。

私はふと心をすまして
その晩も椎の実が屋根の上に
時をおいて撥(はじ)かれる音をきいた

犀星はドストエフスキーの『カラマゾフの兄弟』を読み終えた晩のことをそう静かに歌いだす。椎の実は小石を遠くから打ったように、「侘しく雨戸を叩くことがあった」と。

靄が深くたちこめる郊外の夜、湿った庭の土の上にも椎の実は落ちてくる。「人間の微かな足音」が、「温かい静かなしかも内気な歩み」であたりに忍び寄ってくるように。

詩人は書物を閉じて、庭の靄を眺める。

暖かい晩だ。靄は生き物のように大地と木々の梢にかかっている。そして、目の前に落ちてくる「愛すべき孤独な小さな音響」に耳をすます。

都会のはずれの町、農家の離れの一室。父を亡くし、郷里から戻ったばかりの詩人は、ひとり座している。結びは——

あたかも自らがその生涯の央ばにたつて
しかも「苦しんだ芸術」に
あとの生涯をゆだねつくそうと心に決めた
深い晩のことであつた

年譜を確かめると、「東京市外田端町」の住まいだったらしい。犀星は二十九歳の秋に金沢の養父を亡くしている。望まれない子として生まれた犀星は、誕生後すぐに近所の住職にもらわれていった。

私はこの詩の描くような小説の読み方に強く心を奪われた。ドストエフスキーに関して「苦しんだ芸術」と記してあるにすぎず、『カラマゾフの兄弟』についても直接的な感想や批評は一言もない。あるのは、ただ郊外の夜の情景だけだ。しかし、万感が詩人の胸のうちで、熱くわきたっているのだ。そうした想いを静かな郊外の夜の気配のなかに溶けこませている。

カラマゾフの兄弟たちもまた、犀星とともに、椎の実の落ちる音を聞き、靄に湿った夜の空気に身を浸しているかのようだ。

小説を読み終えた晩の渦巻く感情が、森羅万象の、この宇宙に鳴り響く。

V

兄弟と少女と、パンデミックと――翻訳家Tが語る

マルエツO・G店の入口で、除菌スプレーを手に吹きつけながら背後に目をやると、少年二人が距離を取って順番を待っていました。パンデミック下の東京に緊急事態宣言が出て、十日ほどたっていたころです。

私は不要不急の用事かどうか自問しながら二階の日用品売り場に向かい単三の電池を買った後、あわただしく出口に戻りました。街路樹の葉桜の影が広がるその出口脇のベンチでは、先の二人の少年が昼食をとっているところでした。人が密になる場所という判断からか、このベンチは翌週には撤去されたのですが。

小学校四年生くらいの兄と低学年の弟で、そろって西武ライオンズの帽子をかぶっていました。

兄は鉄火巻、弟は太巻のパックを持ち、たがいの巻物へ代わるがわる箸を交差させて口に運ぶのですが、弟は遅れがちでした。顔を揺らしながら食べる仕草もよく似ています。私はその姿に心惹かれ、近くのベンチに座り、二人を眺めていました。

小学校は長い休校期間に入っているが、親が不在なのでしょう。それとも他に特別な事情があるのかもしれません。

「これで何か買いなさい」とお金を渡されて、二人の買った昼食が巻寿司。私の心はざわめき、はるか昔の記憶を誘い出す。同じ年頃、鍵っ子だった私は昼に大好物のいなり寿司を和菓子屋へ買いに行きました。子どもには高価で二個買うのが精いっぱい、食べ終わったとたん、なおのこと空腹をおぼえたのです。

兄弟に小さな異変が起こりました。初老の女性が大量のプラスチック・キャップを回収箱に始末してから、二人に近づき声をかけたのです。

「あら、こんなところで食べているの？　おいしそうね。お父さんも、お母さんも、お仕事？」

弟は未知の外国語を聞いたように問いかけを遣り過ごしていたが、兄の方は険しい表情をうかべ、女性のぶしつけな質問も好奇な視線も無視し、弟を促して立ち去ったのです。遠ざかっていく兄弟の後姿が、孤影を曳いているように見えました。

この後、私はP古書店のIさんから、ジョルジュ・ペレックの『人生 使用法』を受け取る約束があり、待ち合わせをした郵便局の駐車場に向かいました。

「店でも、お子さんに話しかけるのは、とてもタイミングに気をつかうものなんですよ」

ベンチの兄弟の話を一通り聞いてから、Iさんはすこし思案気な面持ちで、店に現れた少女のエピソードを話しはじめたのです。

「古書組合が自粛休業になる前の土曜日の午後でしたが、やはり小学校四年生くらいの少女でしょうか、一人で店に入ってきました。ときどき、百円均一本を学割券で買ってくれる、とても華奢なおとなしい女の子です。その日は何を買っていいか、なかなか決められずに、いろいろな本を手にとってはページをめくっていました。そのうち、漫画コーナーで立ち読みをしていることに気づいたので、どうぞと椅子で場所を作ってあげると、はいと言って読み続けました。それから四時ごろまでいて、ぺこっとお辞儀だけして帰りました。土曜なのにおうちには誰もいないのかなと思ったり、あれこれ家庭の事情を想像したりしたせいか、あげればよかったと後で思いついた本が、エンデの『モモ』です。山田詠美の小説に出てくる胸の痛くなるほど淋しい少女みたいな気がしたからでしょうか」

Iさんは大通りに目を移し、照れたような笑みのまま話を続けました。小さなお客さんに、お薦めの本をプレゼントするとき、よくこんなふうに紹介するという。

「一二〇ページまで読んで、おもしろくなかったら、きっぱりやめてね。そして誰かに同じことを言って手渡してくれる？　この本に似合った人のところでストップするまで、同じことを続けてほしいんだよ」

帰り道、葉桜の並木道を抜けて見上げた空の青みは、いつもより怖いほど深いように感じました。翌年の二月初め、新型ウイルスの感染拡大に持ちこたえられず、P書店は閉店したのです。本の賑わいにあふれていた店は、夢の跡地のようにコンクリート剝き出しの貸店舗になったのでした。

二年が経過したころ、渋滞中のバスの窓から、私は新しい店の前にたたずんでいる少女を見ました。Iさんの話していた子かどうかは判りません。でも、同じ女の子だろうと私は直観しました。背丈は小学校高学年くらいになっていたでしょうか。新規開業の店の看板には、「アンサンブルの広場」とあり、ピアノの鍵盤の絵が添えられていました。そのときそこで、少女はP書店で出会った本の思い出をたどっていたのでしょうか。

渋滞を抜けたバスがスピードを上げるにつれて、なぜか時間が過去に向かいだし、巻寿司を食べていた兄弟の面影が浮かび上がりました。あの少年たちも、今どうしているのか。

ソンザ、イノコドクって、どういう意味——不二家の店頭人形ペコちゃんが語る

おばさん、今日のお仕事、早いのね。通りかかるの、いつも見ています。ちょっと、ご相談があります。いいですか。

〈ああびっくりした。なんなの？　ペコちゃん、おしゃべりできるの？〉

誰とでもできるというわけじゃありません。お店の前を誰かがとおっていくとき、あっ、この人ならだいじょうぶって、わかるんですよ。心と心でお話ができる人かどうか。あのー、おばさん、梅子コンパクトさんですよね？　人生相談もなさるんですよね。

〈そうだけど、こうして坂を下りていくところ、いつも見ていたわけ？　アタシ、この先の大通りで、タクシー拾うことにしているからね。ペコちゃん、悪いけど、アタシはね、おたくのミルキー

もケーキも苦手なのよ。若いときに食べ過ぎちゃって、乳製品にアレルギー症状が出るの。アレルギーって、意味わかる？〉

　わかります、それくらいなら。わたし、ずっと六歳ですけど、デビューから七十年たってますからね。それよりも、気の毒ね。生クリームもだめじゃ、うちのケーキ、あげられないもんね。ノー・サンキューの食べ物って、牛肉だけかと思っていた。

〈でも、アタシ、ペコちゃん焼は好きですよ。日本でここの神楽坂のお店でしか、食べられないらしいじゃない。それはまあ、いいとして、牛肉がノー・サンキューって、それなんのことかしら？　誰か別の人の話と勘違いしていない？　デラックスさんのことじゃないの、アタシは梅子コンパクトです！〉

　そうでした、ごめんなさい、かんちがいしちゃったみたい。梅子さん、ペコちゃん焼が好きなら、よかった。でもね、焼き上がった人相がおかしくないですか？　こわいっていう人もいるし。大昔の土の人形みたいだって、ひやかすお客さんもいるみたいだし。

〈ああ、土偶のことね。ペコちゃん、どういう場合でも、ブサイクな顔や体形の話題はだめよ。どうしたって、低レベルの話にしかならないし、結局は我が身の問題にはねかえって、自分のブサイクぶりとか、自分のコンプレックスに、ゆがんだ形で直面することになるから〉

　わたしは、こんがり焼けた顔、かわいいと思ってます。おばさん、やっぱり人生相談をお仕事にしている人なんだなーって、いま感じました。

〈本当の仕事じゃないわ。なら、本当の仕事は何かって聞かれると、返事に困るけどね。アタシは歌って踊れる芸能人というわけじゃ、まったくないし、すこしだけ他人よりも口が達者なだけ。だから、全部が副業でそれが束になっているだけなの。毎日のことだし、身も心もすごく疲れちゃっているから、この先どうなるかわからないわ。ふいに、やめちゃって、そのうち、梅子コンパクトなんか、誰も思い出さない日がくるかもしれない〉

梅子おばさん、ひょっとして、なにか悩んでいることあるの？　なら、自分で自分の人生相談をすれば、いいんじゃないの。それって、どんな気分？

〈ペコちゃん、アタシちょっと急いでいるのよ、また今度にしてくれる？　いま答えなくちゃいけないことじゃないでしょう？〉

テレビ局に行くのね。テレビ朝日でしょう？

〈よく知っているわね。でも、不思議だわ。なんで、ペコちゃんの声が聞こえて、アタシのおしゃべりもペコちゃんに届いて、心の中でお話ができるのかしら。ああ、まずい、変な気分になってきたじゃない。仕事にならないかもしれないわ〉

おばさん、あまり悩まないで。ちゃんと、自分に相談しないとだめよ。答えるの、とても慣れているんでしょう。

〈ペコちゃん、最初からずっと気になっているんだけど、おばさんという呼び方、やめてもらえるかしら〉

ああ、そうなの。ごめんなさい。じゃ、おじさんって呼ぶ？

〈やだ、それ最低！〉

だったら、おねえさんは？

〈はい、それでいいわ〉

じゃ、相談させてもらって、いいですか。

〈悪いけど、なるべく短くね〉

坂の真ん中くらいにあるフライドチキンのお店、知ってるでしょう？　お店の横にいつも立っているカーネル・サンダースおじさんのことなの。誰も気づかないんだけど、一年に一ミリくらい、わたしのところに近づいてきているんです。それ、なんだかとても悲しくなってきてしまうの。

〈ああ、そうなの。でも、どうして悲しいのかしら？〉

だって、このお店ができて四十年、カーネルおじさんのお店ができてから三十二年、だからまだ三十二ミリしか近づいていないでしょう。あそこの場所まで百メートルあるから、あと一万年かかる計算でしょう？　やっと一万年かかって、まったく風景の変わってしまった店の前で、十二歳のままの私と六十歳のままのカーネルおじさんが、二人並んで立つと思うと、なんだかすごく悲しくないですか？

〈そうなのね……。それ、悲しいっていう感情なのかどうか、アタシにはわからないし、何かもっと別の、まだ名づけられていない感情かもしれないわね。きっとそうなのね。でも、さあ、どう答えたらいいかしら。ことによると、一万年なんて、とても短い年数なのかもしれないわよ。生命の誕生はだいたい三十五億年前だし、いちばん古い人類の祖先の化石は四百万年前くらいなの。だから、それにくらべれば、一万年なんて長く思えるけれど、短い時間じゃない。あら、やだ、アタシ、何を言ってるのかしらね〉

だいじょうぶですよ、梅子ねえさん、わたしちゃんと聞いていますから。

〈アタシ、思うんだけど、一年一ミリだから、三十二年で三二ミリだとか、一〇〇メートルの距離だから一万年かかるとか、そうした計算なんかしちゃだめなのよ。大事なことは、すこしずつでも動いているということよ。止まっているのとは大違い。この動きの気配を少しでも心で感じとることじゃないかしら。そしてね、ペコちゃんとカーネルおじさんが、ついに二人並んで店頭に立つ姿をありありと思いえがくことなの。想像の中ならいつだって実現できるものね、アタシならきっとそうすると思う〉

ありがとうございます。ふーん、すごい、すごい。想像すれば、一万年も飛びこえてしまうのね。お忙しいのにすみませんけど、もう一つお聞きしていいですか。あの、気になる男の子がいるんです。朝いつも通りかかって、おい、戦いごっこしようぜ、とか言いながら、わたしの足をけったり、体当たりしてきたりするのね。こら、何するのよって言っても、その子には私の声はとどかないの。いやな子なんだけど、でもね、ある日からもうずっと姿を見せなくなっちゃった、急にどこかに消えちゃったみたいなの。わたし、とても心配で、どうしたんだろうかなって思って。

〈そうか、ペコちゃん、その子のこと、とても心配してるのね。アタシも悩むわ、どう答えたらいいのかしら。アタシも、いっぱいそうした思いは経験してきたけど、きっとこうなのよ。過ぎ去っていくもの、消え去っていくものは、ただじっと見送るしかないのよ。ペコちゃん、それいつのことなの？〉

いつだったかなー、それがはっきりしないんです。十年前くらいの気もするけど。だって、毎日が、同じように過ぎていくだけだもん。

〈悩み相談なんかしていると、自分の悩みが増えてきちゃうようなことがあるのよ。そう、ペコちゃんは、永遠に六歳なのね。どんなに歳月が過ぎても、六歳のまんま。時の中に閉じこめられているんだわ。そう考えだしたら、アタシ、何だかとても胸が苦しくなってきちゃった。どうしよう。ペコちゃんも、カーネルおじさんも、そんなゆがんだ時間に生きているのね。考えるだけで、めまいがしてくるわ。そんな中に、いつまでも閉じこめられている存在の孤独について、これまで誰も考えてこなかったのね。うーん、それで、いいのかしら？〉

ねえ、梅子おねえさん、いいのかしらって、誰に聞いているの？　わたしかな？　でも、ソンザ、イノコドクって、どういう意味？　なにか人を死なせる毒のこと？

〈…………………………〉

あれれ、また声が聞こえなくなっちゃった。誰か来たって、いつもこうなんだから。あーあ、さみしいなーさみしいなー。こんどはどんな人が通りかかるんだろう。

皆さん、さあ、召し上がれ！――極上の出し汁が語る

極上の出し汁だって？　それは、そうかもしれないが、この謙虚な出し汁自身から、述べさせてもらえば、茶番だね。茶には失礼な言い方になってしまうけど。スープとかスープストックとか、気取った洋風の言葉なんか使わないだけ、ずっとましだけど、味噌は使ってあっても、自画自賛の手前味噌は無用で、しっ、しっ、そんなもの早くお引き取りくださいだよ。出たとこ勝負の出し汁と言ってほしいね。

デモ、マッタク自慢デキナイ代物ジャナイ。前ノ晩ノ鍋料理ノ残リ汁ニ、サラニ湯ヲ足シテ、当テズッポウデ、出シノ材料ヲ、アレコレ入レ混ゼ、ゴタゴタシタ出シ汁ノ在リ方ニフサワシイ、活用範囲ノ広イ雑交煮汁ナノダカラ。

いまの片仮名の声が自慢げに聞こえたとすれば、どうやら出し汁の作り主の声も、勝手に混じっているせいで、いったい、どっちが、どっちなんだか、判らなくなっているのは、まさしく雑多煮から生まれる出し汁らしい。
モチロン、雑多ナモノヲ統(ス)ベル意志モ、目的モナイママノ製造法ダ。シカシ、ソウシタ統合的ナ意志ヲ、愚弄シテイルワケデモナク、エーイ、クソ、面倒ダ、ト自棄ノ気分ニ酔ッテイタ、ワケデモナク、ソモソモ出シ汁ニ、酔イナド無縁デアリ、ソレデモ旨(ウマ)クアレ、オイシクアレ、ト念ジナガラノ健気(ケナゲ)ナ振ル舞イハ、アッタワケデ、ソレダッテ、早ク味ヲ試シテミタイ、ト製造責任者ノセッカチナ欲望ガアッタノダ。

　いやいや簡単に試されるような安っぽい汁ではないぞという、こっちの、出し汁側としてのプライドと抵抗感もあり、このあたり、まさしく二つの主体の声が入り乱れている現状が、それなりに愉快なものでもあり、ひどく滑稽(こっけい)でもあり、でもやっぱり、どこからか予告なく飛び出してくる自意識過剰な声に、あきあきしてしまうが、あれこれ勘案すれば、おそらく雑多な出し汁の存在の本質に似つかわしくはあるだろう。

　そもそも、この出し汁の初期様態はそのようなものであった。要するに、在庫の材料の事情によって作られたもので、白菜、椎茸、春菊、ねぎ、豆腐、豚肉の鍋料理の残り汁だ。
中途半端ニ残ッタ野菜ヲカキ集メテ茹(ユ)デタノチ、具ノカスヲ除イタ湯ニ、サラニ出シ汁ヲ加エ、水ヲ足シタ。

再利用シヨウトスル、賢イ思イ付キナノダ。残リ汁ヲ布巾(フキン)デ、コシナガラ、湯気ノ中ニ顔ヲ、突ッ込ムト、春菊ノニオイガ広ガリ、ヤレヤレ、ソレデモ少量デヨカッタ、ト思イッツ、薄メルタメニ、水ヲ足シタ。

ここで、はたと、製造者はひらめいたらしい。この微量の調味料の数々こそ、旨い出し汁つくりの大事なポイントかもしれない、と。はっきり言って、それでは隠し味が乱立するだけだろうが、ソレコソ雑多煮汁ノ、誕生ノ理由ナノダ、と同じ言い訳を繰り返した。

急げ、夕食が近い。しょうが、にんにく、みょうがの小片、鶏がらとパセリの粉末、アンズらしきドライフルーツ一個、トマトピューレ、それから、出し汁作りの不滅のトリオである鰹節、煮干し、昆布が投げこまれた。塩気がないぞ、という当方の呟きが聞こえたのか、食卓塩が三振り、それと残っていた二倍希釈(きしやく)の素麺つゆが加わった。

ヨシ、ヨシ、極上ノ出シ汁ノ完成ガ近イゾ。

自賛の声がするときは、たいてい次に危険が迫っている。嫌な予感がする。おい、おい、それはやめろ、と叫んでも無駄だった。

ソウダ、コレヲ忘レテイタ、仕上ゲニハ、コノ主役ニ働イテモラワナイト。コレヲ使エバ、春菊ノ残リ香モ、気ニナラナイダロウ。ヨシ、「カレーパウダー」ダ。「ターメリック」、「カスメリティ」、「ガラムマサラ」、「クミンシード」……、イツ頃、買ッタモノダロウ。マアア、腐ルモノデハナイカラ、イイダロウ。イマ、ココデ使ウニハ、ドレモ微量ガ肝要ナノハ、判ッテイル。究極ノ隠シ味ニナルハズダ。

おい、偉大なる作り主よ、やめておきなさい。うおっ、入れてしまったか。なんと、愚かしい。こちらの身にもなってほしい。私のような立場で言うのも、おこがましいが、この世の人間どもの失敗というやつは、一念発起の美名のもとで唐突に決断してしまう、迷妄にみちた振る舞いから生じるのだ。

オット、コレハ何ダ、コノ強烈ナ、ニオイノ迫力。

おい、浅はかな作り主よ、ほら見たことか。

ナラバ、ヨシ、チョット味見ヲスルカ。オウ、オウ、コレハマイッタ、隠シ味ドコロカ、「カレースープ」ソノモノニ、ナリ下ガッタ。

カレーの恐るべきマウンティング効果というか、上書き効果というか、それをあまりに軽く見ていたせいだ。そもそも、あなたは自分でよく文句を言っていたはずだろうが。ホテルの朝食バイキングで、まわりの誰かがカレーなど食べる狼藉を働くと、何を食べていてもカレーの存在感があたりを支配して、迷惑この上ない、と。本当はカレーが大好きなくせにね。後悔してもいまさら遅いでしょう。消費に何日かかるか知らないが、責任もって飲んでいただきましょう。レシピなど超越した、この世にただ一つの孤絶した出し汁、いや、特製カレースープもどき。一回性の持続不可能な呪われた極上スープを、皆さん、さあ、作り主といっしょに召し上がれ！

単純なことなのに、意外な難問かもしれない──看護師Bが語る

夜勤明けの午後、雨粒が窓を叩く音で私は目を覚ました。予報どおり横なぐりの激しい雨で、カーテンを開けると新緑の芽吹いた柾(まさき)の枝が揺れている。玄関脇の庭には水がほとばしり、道路へと走っていた。

雨は空から降り落ちるというよりも、横風にあおられて吹き上がる勢いだった。

「今年は、春の嵐がずいぶん多いわね」

牛乳パックを冷蔵庫から取り出しながら、母が言った。いつもの日曜日と同じで、クロワッサンを焼く香りが部屋にただよっていたが、嵐の日のブランチにはなぜか似つかわしくないように思えた。それなら、何がふさわしいのだろうか。素うどんだったら、いいかもしれない。でも、何をつ

まらないことにこだわっているのかと、すぐに覚めた気分になり、食道癌で入院してきた妊婦の容態が気になりだした。担当している病棟は、医学的に難問をかかえた患者ばかりだった。

難問という言葉に突き当たったとき、思い出した文章があった。

「先週の終わりだったかな、これは難しいとか呟いて、お母さん、何か考え込んでいた新聞記事があったでしょう？　あれ、どこ？」

私たち母娘の家庭に重なる事情が書いてあった気がするが、思い違いだったかもしれない。

「ああ、あれね。料理研究家のエッセイでしょう？　佐渡の義理の母を訪ねたときの体験。でも、おととい古紙回収に出しちゃった」

「そうなんだ。じゃ、いいか」

「だいじょうぶ、しっかりおぼえているから」

母は私の見逃したテレビドラマでも、臨場感ゆたかに再現する特技があった。

〈七十八歳になる一人暮らしの女性に息子が二人いるんだけど、東京と名古屋でそれぞれ忙しい仕事についていて、めったに佐渡島に帰る機会がなかったんですって。

残暑の続く去年の秋の初め、お母さんは畑で草刈りの最中に、鎌で足を大けがしてしまったの。これまで病知らずで過ごしてきた女丈夫なものだから、病院に入ることを断固として拒んだわけ。

しかたなく、息子二人の妻たちが様子を見に佐渡にでかけたのね。

先に長男の妻が到着して、手際よく家の片づけをしたり、あれこれ細やかな気づかいで、義母のお世話をしていたわけ。後から来た料理研究家の義理の妹にも、手伝いの仕事を的確に割り振るし、働き者で有能ぶりを発揮していたの。次男の妻は、どちらかというとおっとりした性格だったみたいで、年下の立場をごく自然に受け入れて、役目をはたしたわけね。ところがある朝になって、台所から長男の妻が義母をたしなめている声が聞こえてきたのよ。

「だめよ、お母さん、こんなもの食べちゃ。くさってるのよ、お腹こわすじゃない」

そっと起き出した義母は、古くなったサツマ揚げとゴボウ巻きの煮つけを食べようとして、しかられてしまったのね。けがの間、ずっと気になっていたみたい。それで義母は、「まだ食べられたのに」と捨てられてしまったサツマ揚げとゴボウ巻きの煮つけのことを、いつまでも悔やんでいたんですって。

この様子を見ていた次男の妻は、そのまま食べさせてあげた方がよかったのにと思ったのよ。お義母さんは、くさりかけているような食べ物でも、長年の経験でお腹をこわすほどのものかどうか、きっとわかっているはずだし、もしかしたら少しくらいお腹をこわしたっていいし、捨てるようなもったいないことをするほうが、よほど辛いのかもしれない、ずっとそのような生き方をしてきたんだから。次男の妻は、心の中でそんなふうに思っていたんですって。

一方で、長男の妻はお義母さんの健康を気づかって、とても明快な判断をしたわけね。そうした配慮の行き届いたやさしさは、妹にも理解できるの。だけど、お母さんのさみしそうな顔も表情も気にかかったそうよ。で、どちらが正しい振る舞いか正解はなくて、こんな単純な出来事なのに、難問にぶつかった思いがしたらしい〉

「あのエッセイ、だいたいこうしたことが書いてあったわ。これでいい？」

「ありがとう。とてもよくわかった。それで、お母さんは、この料理研究家の妹さんの方に、共感しているでしょう？」

「迷うよね。こういうことって、その場にならなくちゃわからないけど、やっぱり妹さんのほうの判断になるかな。あなたは？」

「話の力の入れ方から、お母さんはそっちの方だと思った。私だって妹さんの意見に寄り添いたい気持ちもあるけど、やっぱり職業的な判断が最優先になるわよ。当然、食中毒のリスクがあるんだから、食べちゃだめでしょう。ささいな出来事だけど、気持ちの配慮のしかたって、いつだって難問と言えば難問。悩んでいる余裕もないケースが、たくさんあるし」

「もっと別の問題も隠れているじゃないの。もともとね、このお嫁さん同士、お義母さんをはさんで、あまり反りが合わなくて、そうした関係も影響しているとか」

「なら、お姉さんの親切って、けっこう嫌味と当てつけがあったということになる？」

「うーん、どうだろう。でも、もうやめようよ、こういうことって話しているとだんだんこっちも意地悪っぽくなってくるからね」

雨音が引き、外に静けさが戻った。クロワッサンを焼いた匂いが部屋にまだ残っている。

この二人、なんだか変わった人たちね——作家コジマ・ノブさんが語る

いいです、ノブさんで。故郷の岐阜ではノブサと呼ばれたりしたのだが、郷(くに)の人間以外から言われることはないので、すこし居心地が悪いふうがないこともない。しかし、それはどうでもいいことで、むしろなんであれ違和感というものは小説を書く動機というかネライにすらなったりするとはいえ、そんなバカバカしいほど単純なことをわざわざ口にすることもないわけで、そもそもあらかじめ感じていた違和感など、小説にならない。『抱擁家族』にしても『別れる理由』にしても『残光』にしても、書きながら違和感に出会い、ぶつかり、うろたえ、のたうつ、そんな感じのものなんです。何が言いたいか。私がたびたび繰り返すように、どうもあなたには悪い癖があると思ってしまう。自分で掘った落とし穴にはまっている。いつも言っているとおり、あなたは批評的な

言葉とか決まり文句とか、ちょっとばかり気の利いた言いまわしを思いつくと、それに引きずられて、結論らしきことをすぐに言いたがり、得意になる。しかし、それじゃ先がなくなるはずだ。なんでそんなに括り言葉にこだわるのかね。けっきょくククルはめになってしまうのは、自分の首の方だと私は思わざるを得ない。頭がそのように動くのだから仕方ないにしても、結論めいたことに近づきそうになったら、避けるというよりも、むしろコワシテ素知らぬ顔をして通り過ぎるくらいのことをしないとダメだと思いますよ。

いや、言いたいのはこんなことじゃなかった。私のかつての小説のタイトルを使えば「静温な日々」とでもなるかもしれないが、ここは時間がいつまでも淡々と流れていて、これはこれで願ってもないことで、いざ何か書こうとすると、さてどうしたものか。ふと思いかすめる旅の話が、何より心動く。これは私らしいやり方かどうかとは別の問題になるだろうが。

それで前にあなたが書いたアイルランドの旅の話をね、さっき不意に思い出した。あのときのことは、私も家内もよく覚えていることで、ただ同じ記憶を共有しているわけじゃなく、ちょっと食い違うところも当然だがある。あなたが書いていたのは、どんなふうなことだったか？　本を追分の山荘に置いてきてしまったので、うろ覚えのまま思い出してみるところなんだが、そういえば、この「うろ覚え」が私の小説の作法の一つとあなたは述べたことがあった。私はしばしば忘れたふりをして、とぼけて、「うろ覚え」を装っているとかなんとか。事実をわざと忘れたふりをして、

「うろ覚え」でとおす、とあなたは指摘した。それはそうかもしれんが、私は現実に記憶なんか消えてしまって、忘れておるのです。だから、実際のところあなたの指摘とは逆とも言えるわけだ。忘れていることをとぼけて知っているふりをするときに、「うろ覚え」を装うことになる。人間の偽装的な振る舞いなど、心のうちに入り組んだ面倒くさい、そのつど揺れ動く現実があるということですよ。

何の話だったか？　そう、アイルランドの旅の話だ。あのとき、ダブリンの街をどこに向かって歩いていたのかね。リフィー川の夕景を見にいくにはまだ早い時間で、とにかく街を歩くこと自体が何とも気持ちたかぶる経験だったと今にして思う。中心街から少し外れた街路を進むと工事現場にさしかかった。見上げると、クレーンが鉄骨を持ち上げて、歩道の上の方までせり出して、ぶらぶら揺れていた。日本なら交通整理員でも出て、注意をうながすだろうが、そんなこともなく、とにかく危なっかしく宙にぶらぶらしていて、それを私らは何か気をひかれるところがあって、眺めていた。そうだったはずだ。

するとあなたは、「何にせよ宙づり状態のものは、心ひかれるというか、思いをあれこれ刺戟するところがありますね」とつぶやいた。すぐに文学のことだけじゃなく、人間の存在そのものにも話を及ぼしそうな雲行きを感じて私は警戒した。それでも、なんともボンヨウなものになるしかないコメントに感染してしまい、そのような言い方をしきりにしたがる人間がすぐに思い浮かんで、いくら頭の中とはいえ、気分のいいアイルランドの街歩きにまで、そんな人物を同伴させるのは愉快でないと強く反省した。そのとたん、ポロリと当の人物の名前が出てきてしまった。もちろん、あなたは何のことか気づかないまま、いや、判っていて気づかないフリをしていただけかもしれんが、相変わらず歩道の上空に揺れる鉄骨を二人で見つめていたんだと思う。

　ちょうどそのときだったか、五時の終業のサイレンが街に鳴り響いた。するとあきれたことに、工事人は歩道の真上に鉄骨をぶら下げたまま、作業を終えてしまった。あと一分もクレーンの作動を継続すれば、安全を確保できるというのに、何たることか。そこで中断したのは、たぶんユニオンとの労働協定を守って、きっかり五時に仕事を終えるためだ、というのが、あなたの説明した理由だった。たぶんそのとおりだったのだろう。私はこの杓子定規(しゃくしじょうぎ)な作業手順に、あきれながらも面白みを覚えたのだが、あなたは黙って、まだ宙を見ていた。それでよかった。規則を守ることは、いつだって不条理な判断を含んでいる、などと出来そこないのアフォリズムめいたことを口走らなくて、なおよかった。

　二人そろって、「わけがわからないけど、面白いねー」といった思いを胸にしまって、ただ佇(たたず)んでいただけだったが、いやー、こうして話しているだけでも、楽しい旅行だったと思うね。そうそう、我々二人の様子をずっと観察していた家内は、一言何とつぶやいたか。あなたも書いていたと思うが、「この二人、なんだか変わった人たちね」というものだった。こうした言い方は家内の特徴なんで、いちいち気にしなくていいのだが、なぜかあなたは、ちょっと動揺したように見えた。違うかね？　これだって、あんがい入り組んだあれこれ面倒な理由がありそうじゃないか。いや、しかし、遠い昔のことだし、私も家内もあなたとは幽明境を越えたところにいるわけだから、いちいち生真面目に記憶を掘り起こすこともないだろう。それにしてもこの日にオコンネル橋から眺めたリフィー川の夕映えだけは、いつでも記憶から呼び戻したいものだ。川をわたる風が水面のさざ波に一つ一つ光を運んできた、あの黄昏の時間を丸ごと甦らせたい、と私は思う。

あの作中人物は、まだ「あとがき」に閉じこもっている

――ポストイットの付箋が語る

ようやく、私の貼り付けられている場所がどこか見当がつきました。仲間の付箋(ふせん)二つの居所を確認した結果、どうやら「あとがき」にこそ共通する問題点がありそうなのです。

私たちは赤い帽子のような標(しるし)のある、ポストイットなのですが、あるときNは、仲間の二枚とほぼ同時にそれぞれ三カ所のページに貼ったのです。そのすべてが「あとがき」と関係した内容の箇所だ、と今ようやく判った次第なのです。

最初に付箋が貼られたのは、大江健三郎の第一創作集『死者の奢り』の「後書」で、次のような文章の余白部分でした。

監禁されている状態、閉ざされた壁のなかに生きる状態を考えることが、一貫した僕の主題でした。秋のおわりまで、僕の日常はフランス語の勉強に比重が大きくおかれていて、小説についてはamateurにすぎませんでしたが、やがて逆に、小説のなかの主題が僕を拘束しはじめ、僕はその結果、悪い學生にかわりました。

通常、小説には「後書」を添えることがありません。理由は、作者が読者に読み方の先入観を与えたり、読解のガイドをしてしまうからでしょうか。ですから、これはかなり例外的な判断によるものだと思います。この最初の付箋が感じたことに私も同感なのですが、デビュー作の「後書」だけに、謙虚な口調にこそ、むしろ自負があふれている印象です。「悪い學生にかわりました」という文言にも、「寛大な東大佛文研究室の先生たちと、優しい友人たち」に向けての、気持ちを昂らせた決意と矜持を感じます。それならば、私のようなありふれた付箋ではなく、たとえば蛍光色付箋とか、星形付箋の方がふさわしかったかもしれません。

さしあたって気になるのは、「監禁されている状態、閉ざされた壁のなかに生きる状態を考えることが、一貫した僕の主題でした」という一文です。なぜなら、二枚目の赤い付箋をどこに貼るか、こうした窮屈な思いに触れた「後書」から、どこか他の開放的な場所を覗きたい、という読み手の願いが推測できるからです。

すると二枚目の付箋はどこなのか、気になるわけですが、意外にも『小島信夫短篇集成6』のNによる解説で、「〈あとがき〉の異彩」と見出しのあるページなのです。

『美濃』の「あとがき」など、「その一」「その二」と二部構成で、読んでいる最中だという「英国の百二十年ばかり前の小説」の引用文らしきものまである。これによって『美濃』の読み方に光が当たるような、当たらないような、当て所無い浮遊感があって、このような「あとがき」の存在は本文を動揺させてしまう。というか、「あとがき」そのものが微妙に独立した場として漂動し、あたかも小説であるかのように異彩を放つのだ。

まさしく「あとがき」を利用して、「あたかも小説であるかのように」固有の創作を試みるという奇観を呈している事情に言及しています。一枚目の付箋の「あとがき」から、ここに至ってNの新たな思念の展開が見て取れるわけですが、問題はまさしく三枚目の付箋である私自身の居場所の不可解さです。

付箋というものは、本や雑誌やノートのどこかのページで安らいでいるのが普通なわけですけど、そうではなく、居心地のいいような悪いような、心の騒ぐ異例の場所に貼り付けられたのです。「あとがき」であることは、変わりません。問題は、それが書籍本体に記されたものではないという事実です。本文の末尾ではなく、なんと本のカバーの裏面に印刷されていたわけなのです。本のタイトルは『転落譚』で、書き手はこれもやはりNでした。三枚目の付箋である私が貼り付けられていたのは、この箇所です。

まだ私はあの人物のゆくえが気にかかる。あいつはどこに行ったのだろう？　気になってふたたび追いかけだしたら、こんなカバーの裏に入りこんでいた。いかにもあの人物が好みそうな場所だ。ここは本の内でも外でもない。いや、同時に内でもあり外でもあるのだ。

「あの人物が好みそうな場所だ」と決めつけては、まずいのではないでしょうか。本当に好んでいるかどうか、大いに疑わしいし、それに「あの人物」の生誕の災禍と波乱の行く末から考えれば、なおさら存在自体も疑問に思えるのです。転落とは、どのような事情があったのでしょうか？　ある読者が小説を読みながら微睡み、うっかり本を落としてしまう。その瞬間、作中人物が、外に転げ落ちてしまい、気を失う。意識を取り戻しても、帰るべき作中が判らない。そこで、転落の寸前の印象を頼りに、懐かしい作中のページを求めて長い探索の旅に出る。しかし、記憶は混迷を深めるばかりだったわけです。古今東西の作品から作品への放浪の果て、とうとうカバー裏の「あとがき」に迷いこむことになりました。なるほど、「本の内でも外でもない。いや、同時に内でもあり外でもある」場所です。そこに付箋が付けられたことに、私は何かしら運命的なものを感じざるを得ないのです。狭い文中に引きこもってしまっている作中人物の脱出方法にこそ、おせっかいを承知で、いまの私は強く心を動かされています。

身のほど知らずの付箋が何を口走っているのか、などと考える向きがあるかもしれませんが、ちょっとお待ちいただきたいのです。付箋はたえず、神経を張りめぐらせ、貼り付ける人物の動きを観察しているのです。どこの文面に関心を抱き、何に感情が動き、どのような表現に思考を刺戟されて、付箋をつまみ上げるに至ったのか感知しています。もし、もし、そこの一節じゃなくて、次のページの三行目のアイロニカルな言い回しこそ、押さえておくべき場所じゃないですか、などとついつい声を出したくなります。直接それができれば、どれほど嬉しいことでしょう。実際、私たちの判断力は、世間で想像している以上のものなのです。

そこで、提案です。二枚目の付箋の居どころになっている「あとがき」をヒントにして、「あたかも小説であるかのように異彩を放つ」挿話を創作してしまったら、どうでしょうか？「作中人物」が身を忍ばせている『転落譚』の表紙裏の「あとがき」に穴を穿って、新たな小説を埋め込むのです。転落前の懐かしいページの情景は不足しているにせよ、しばらくそこを寓所（ぐうしょ）にすればよいと思います。では、誰がどのように？ そこが難問です。こうなると、さすがに付箋の分際では荷が重すぎます。やはり、Nの仕事になるでしょうか。その場合、Sに働きを仮託することも一案です。転落の運命を生きてきた「作中人物」の新たな軌跡を、この擬態と異名の人物に重ねてみたらいかがでしょう。ポストイットの三枚目の付箋が述べることができるのは、ここまでです。

穴に落ちる——〈土龍庵〉にて作家Nが語る

信州の市民グループ主催の講座を終えた日、私は白駒池山荘の「室内楽の夕べ」に出かけた。〈山奥の静寂に響くモーツァルトの室内楽〉と、ホテルのロビーの隅に貼られた手作りの簡素なポスターに心惹かれたからだ。

八ヶ岳の原生林の奥でひっそりと湖面に鈍い光を広げている白駒池の情景が思い浮かび、湖畔にある丸太の山小屋が丸ごと共鳴体となって空気をふるわせ、モーツァルトのフルートとオーボエの四重奏のまろやかな旋律が夜の森を渡る小さな音楽会に期待がふくらんだ。

私は夕暮れの峠を越えて八ヶ岳に向かった。

シラビソとトウヒの密集する原生林の道は、すでに闇が樹間を浸している。地表は四百種にのぼるという苔が黝く這い、巨岩や朽ちた幹を持ち上げて、今にもうごめきだす気配に満ちていた。それでも空を見上げると、かすかに朱色に染まった雲が木々の間から覗く。

山道が左カーブの急な下りになって、私は足を滑らせた。瞬間、後頭部に鈍い衝撃を受けるとともに何かの幻影が、閃光のように脳裏を走った。息を整えて行く手を見ると、灰色に広がる水面が鈍く光っている。湖畔の右手には山荘の明かりが人々の賑わいを集めていた。

ホテルで見た同じポスターが玄関口に貼ってあるだけで、音楽会の案内が大書してあるわけではない。会場の食堂には座布団が敷かれ、最前列と後の数列に空席を残していた。私は最後列の席に座り、壁に寄りかかりながら会場を見渡した。五十人ほどの観客が集まっていたが、皆一様に黙りこんで開演を待っている。

その不動の姿に幽鬼めいたものを感じたのは、束の間の気分の迷妄だったのだろうか。直後、廊下から四、五人の男女のグループの笑い声が近づいてきたものの、食堂に入ると神妙に声をひそめた。

作務衣を着た初老の男が定刻どおり現われ、ヴァイオリン、ヴィオラの女性奏者に続き、チェロ、フルート、オーボエの男性奏者が席についた。男は観客を一瞥してから、開演の挨拶を始めた。

――みなさん、こんばんは、当山荘のあるじのシノダです。夏の恒例のコンサートも、ほそぼそと続けてきましたが、おかげさまで来年は四十周年になります。いろいろな思い出がよみがえってきますが、第一回から昨年まで毎年欠かさずにお見えになった画家のハタノカズキさんが、ご承知のように、先月お亡くなりになりました。

弦楽器の演奏者たちが小さくうなずき、会場から溜息がもれたとき、私は見当違いなところに紛れ込んだような気分になった。それから、調理場と食堂を仕切る狭いカウンターに載った傘を広げたほどの巨大な南瓜（カボチャ）に目がいき、その不安定な置き方がわけもなく気になりはじめた。

視線をオーナーに戻すと、話題は先祖から伝わる自然の知恵に及んでいた。

――今年の夏は大雨が多かったですね。実は私のじいさんからの言い伝えで、朝に虹を見たら川を渡るな、というのがあるんです。朝の虹はたいてい大雨の予兆ですから、みなさん覚えておくといいですね。そういえば、今年の冬は大雪が降りましたが、これも私は予測していました。去年の夏、カマキリの巣の高さが二メートルになりましたから。これも言い伝えがあります。カマキリの巣の高い夏は、次の冬に大雪が降る、と。

音楽会とは関係ない話だと思った。ところが、しだいに自然の情景が心に広がってきて、やわらかく心の調律を受けた気分に私は浸された。

演奏が始まった。

アレグロ、ト長調、ソナタ形式。アダージョ、ロ短調、愛らしいメロディの舞うカンティレーネ。アレグレット、ニ長調、軽快なテンポで疾走するロンド。

モーツァルトのフルート四重奏が終わり、休憩時間になったとき、「毎年いらっしゃるのですか？」と薄紫色のスカーフを品よく巻いた中年の女性が話しかけてきた。その澄んだ細い声には、何か切実なことを尋ねるような調子があった。

楽器をなだめすかす、演奏者たちのチューニングの表情に私は惹きつけられていたので、「いいえ、ちがいます」とだけ答えた。ところがその後、女性はそっと席を立ったきり、戻ってこなかった。

ふたたび演奏が始まり、オーボエが軽快なテンポで歌いだす。それにつれて、私はゆるやかに眠りへと誘われた。目覚めているのか、眠っているのか、その意識のはざまのようなところで聞く音楽の愉楽。オーボエの音階がゆるやかに天空へ上昇し、その旋律をヴァイオリンが追い、ヴィオラとチェロは基調音を支え、地上に留まる。覚醒と眠りのおぼろげな間(あわい)の領域で響く演奏に身をゆだねながら、第二楽章の短調のアダージョに入ったとき、明るさのゆえに覗く深淵に引きこまれそうな気がして、私は目を開いた。同時に、今夜の演奏会に関心を向けた理由らしきものに思い及んだ。

アナログの再生装置は家にないが、古いＬＰレコードが何枚か保管してあった。そのなかに、ドレスデンの名手たちの合奏によるモーツァルトの小品集が残っていた。音楽好きの叔父の遺した数少ない懐かしいコレクションの一つで、山荘の音楽会のチラシを見たとき、たぶんそのことが私の心の奥にあったに違いない。

夜の森の帰り道、足元を小さな懐中電燈が照らす。その小さな光の輪は、地面を明るく浮き出させてはいるが、ほのかに白い空洞ができているようにも見えた。

明かりを消して立ち止まると闇が身に貼りつき、暗い梢をわたっていく風の音が聞こえる。ふたたび電燈を点けると、その沢の流れのようなざわめきが、なぜか消えた。

山小屋で聞いた室内楽の余韻が脳裏に漂う。しかし、心の中でメロディを反芻するというより、現実感の薄れた断片的な旋律の記憶が寄せてきては退く。

懐中電燈を点滅させ、戯れに闇と光を切り換えながら歩くうちに、駐車場に向かう分岐路にさしかかり、木々の間から月明かりが広がった。つま先から長く私の影が伸びている。前に進んではいても、歩行の動きに逆らい、影がもつれて足に絡みついてくる感じだった。

私は影を蹴り上げた。瞬間、影は身をかわして背後に回り、人影の輪郭を崩し、丸く固まったまま動かなくなった。よく見れば、足先から伸びているはずの影が、身体から遊離し暗い穴となって地面に沈みこんでいる。

身を乗り出して淵を覗いたが、底は見えない。そのとき、「毎年いらっしゃるのですか?」と細い女の声が穴の底の空気をふるわせた。声に不意をつかれて私の身体は重心を失い、宙を舞った。落下の時間は、一瞬のようにも、長い回想をゆるすほど持続していたようにも感じられた。

私は真っ暗がりの穴を落ちていく。

あのとき、私は足に絡みついてきた自分の影を蹴り上げた。すこしばかり力が入り過ぎていたのかもしれない。影は衝撃で歪み、形を崩して丸く固まった。

私は影をいたわるように身を寄せた。瞬間、幻聴のように聞こえたあの女の声に動揺し、あわてて身体をひねった反動でバランスを崩し、影の中に倒れこんだのだ。

まさか影が穴になっていて、吸い込まれてしまうとは思わなかった。さきほどまで私は八ヶ岳の月明かりの山道を歩いていたはずではなかったか。

身体が浮いている感覚があるところをみると、たしかに落下したにちがいない。湿っぽい泥土のようなにおいも空気に交じっていた。

不安な思いが一度に脳裏をかすめたのだが、夢の中の出来事らしく、ちぐはぐな現実感がまとわりついた。でも、そのちぐはぐな感覚もまた、もう一つ外側の夢に包まれているようで、私はいったいどこにいるのか、ますます判らなくなった。

それでも、滑空の感覚に身をゆだねていると、行く手に穴の出口が明るく見えた。それが上昇の先にあるのか下降の先にあるのか判然としないまま、勢いよく外に吸い出された。

私は両側に戸建ての続く狭い路地のようなところに横たわっていた。足元には飛び出してきた穴の暗い淵が覗く。息を戻してから気づいたのだが、そこは路地なのではなく、壁に本棚の並ぶ私の地下室〈土龍庵〉だった。換気孔からは、風の動く音が伝わってくる。

かすかな人の声も空気のかたまりとなって換気孔から抜けてくる。私の抜け出てきた黒い穴があるはずだが、うずくまって目をこらし、床を手探りしても、それらしい窪みはどこにも見つからない。

私は冷静に振り返った。八ヶ岳の夜の山道の穴から、東京郊外のこの地下室に辿り着いた出来事をどのように理解したらいいのだろう。夢のマジックの作りだしたものだったかもしれないが、闇を落下していくときのあの感覚が、はっきりと全身の皮膚に貼りついていた。落下の速度が早くなるにつれて息苦しく、呼吸を深くしようとしたが、逆に頭がぼうっと朦朧となり、あたりが昏くなった。それでいて、足を先にしているのか、頭を下にしているのか、重心を欠いた五体がばらばらに回転しながら浮遊している感覚を伴い、苦痛よりもむしろ奇妙に生々しい愉悦のようなものがあった。

時空のゆがみは、さらに続いた。

地下室の階段に明かりがつき、話し声が近づいてきたのだ。

「他人から見れば、何の価値もないものだけど、私にとっては大事な資料なんだ」

笑いを含んだ聞き覚えのあるようでないような、しかし何かしら違和感を覚える声だった。身を隠す場所を探すと、部屋がどこかの図書館の地下書庫に変わっていることに気づいた。書棚の隙間から覗くと、スーツ姿の男がダンボール箱をかかえて通路を進んでいくのが見えた。

一目でいつものSだと認識できたのだが、ざらざらした違和感が体の奥からせり上がってきて、なぜか気後れしてしまった。

「じゃ、引っ越しの終わる来月末までということですね。ただ、保管の責任は持てませんので、よろしくお願いします。ぼくはここで失礼します」

若い図書館員は先に帰り、続けてSも通路の突き当たりを右に曲がってから、重い鉄のスライドドアの閉まる音が地下に広がった。

私は地下書庫の暗がりに身を潜めながら、非常灯の青白い薄明かりを頼りに、資料らしきものが入った箱に手を添えた。〈開封禁。転居まで一時保管。事務方へ連絡済み〉と几帳面な字が浮かんでいる。慎重に手を動かしているのに、ダンボール箱からガムテープがはがれる耳障りな音が地下室に響く。

箱の梱包を解くと、手紙や書類に交じって、『カメラキメラ』というタイトルの写真集が出てきた。五人の男たちの横顔が、ハレーションを起こしたような滲んだモノトーンの画像に浮かんでいる。

見覚えのある本であるような気がして、意識の奥の記憶の片影をたどったが、どれもどんよりした靄となって消えた。

地下書庫の暗闇の中で息を殺してうずくまっていると、左手から光の帯が伸びてきて顔に当たった。私は強引に目覚めへと引き戻される気分で顔を上げた。厚手のカーテンの合わせ目から、日差しがもれている。また新たな場所の映像が浮かび上がった。

学生たちの背と横顔が見え、Sがホワイトボードの前に立ち、講義の声が聞こえる。

おかしな夢を見たものだ、と私は冷静に思いをめぐらせた。ボードには、「感情のレッスン／縮小と拡大／想像力は死んだ、想像せよ」とスラッシュを多用した消し残しの字があった。

「タイトルに、どうしてオルフェウスという名前が入っているんですか？」

一人の男子学生が質問をはさんだ。

「それはこれから話すところです。迷宮入りになったあるフランスの失踪事件に関係した写真でね」

Sの話は盛沢山（もりだくさん）らしく、講義の流れが入り乱れている気配があった。

「さっきも言ったように、オノデラユキはパリを拠点に実験的な仕事を続けている写真家ですが、この作品は代表作の一つと言っていいでしょう。ギリシャ神話のオルフェウスは死んだ妻を連れ戻しに、冥府下りをしたわけですけど、その地下世界への道行きのイメージを重ねています」

ひそかに話を聞きながら、私はつい先ほど抜け出てきた底なしの穴のことを連想し、新たな眩惑(げんわく)に誘われる気分になった。

「写真家は、失踪事件が起こったヨーロッパのホテルの同じ部屋に泊まり、脚立を組んで天井から部屋を撮影して、真相を推理したのです。男はどうやって姿を消したのか。窓も閉め切り、ドアの鍵は中から掛かっていたし、しかもその鍵だって、テーブルの上にありました」

Sは写真集を掲げ、「オルフェウスの下方へ」とタイトルの入ったページを広げ、言葉をゆっくり手繰り寄せるように話を続けた。

「部屋の緯度経度が小さく示されているのが、ほら、これ、わかりますか。北緯四九度二五分五一秒、西経三度二八秒。右はジャングルのカラー写真。ポラロイドカメラで撮影したもので、南緯四〇度二五分五一秒、東経一七六度一七分三二秒と数字が見えますね。行方不明の男は、どこに消えたのか？　写真家はこの密室で起きた謎の失踪事件に大胆な推理をしたのです。十八世紀のイギリスの航海日誌に、ニュージーランドの先住民マオリの族長の口述として残されていた文がヒントになったのです。一七二六年に地下世界から予言者が現われ、財宝を運んでくる白人の登場を告げたというのです。仮説によれば、この男こそホテルから失踪した人物です。地下一万二千七百メートルの地下を進み、時を二百八十年さかのぼって、ホテルの部屋の正反対のマオリの住む森に抜け出た。さっきの緯度経度の文字は、あえて写真が生まれる以前の十八世紀の活字で印刷して、時間の移動を暗示しています。オノデラは、ホテルの密室の失踪事件を写真という表現手段に想像的飛躍を加え、時空を越境する物語を作り出してみせたのかもしれません」

ここでSはやや間をおいた後、急に自嘲気味の笑みを浮かべて言った。

「ここまで長々と話してきたけど、実はどこまでオノデラ自身が説明したことなのか、私が勝手に言い足したことなのか、どうも確信が持てなくなってきました。いったい、どうしたわけでしょうね」

動揺する口調ではなかったが、先をためらうような中断があった。一瞬、風が吹き抜けていく気配を感じた。そのすきをついて、ふいに私の声が促され、カーテンの間からSに向かって呟いた。

「1726と入っている数字にしても、同じ十八世紀の活字じゃないかな。それ、スウィフトの例の『ガリヴァー旅行記』が刊行された年だよ」

Sは驚きの顔を見せたものの、私の声の不意打ちに何の動揺も見せず、「なるほど、そうだった」と応じ、言葉を継いだ。「そう、ガリヴァーという名前には、〈だまされやすい〉という語義が込められていました。そうだとすると、なおさらあれこれ思いを誘います」

この架空の旅の記録が発表された年であることを配慮すると、さらに虚実の結び目が巧みに隠されていることになるかもしれない。虚実の結び目？　緩いにせよ固いにせよ、私たちは日々こうした結び目を作ったり解(ほど)いたりしている、と私にそんな思いが浮かんだが、Sはどうだったか。

Sの声はもはや聞こえず、私は〈土龍庵〉に戻っている。それでも、島に辿りついた男の運命は、その後どうなったのか、何か秘密箱をかかえたような気分がくすぶっている。その気分を払いのけようとしたとき、虚空から聞き覚えのない野太い声が降りてきた。いったい誰が話しているのか。

——おまえは知る由もないことだろう。島にしばらく滞在していた男は、ふたたび地下一万二千七百メートルの闇の中を下っていき、時空を越えてヨーロッパの元の場所に戻ったのだよ。しかしそれは何十年、何百年後の世界なのか？　もはやホテルは跡形もなく、あたり一面に瓦礫が放置され、砂塵の積もる廃墟となっていたのさ。どうやら地上から人影が消え去って久しいようだ。風にそよぐ木々は見えず、安息を求める鳥たちの声も聞こえない。動くものは何一つなく、すべてが永遠の沈黙に沈んでいる。崩れかかった剥き出しのビルが容赦なく陽射しにさらされ、三階あたりにあったらしいトイレの便器だけが生々しい光沢を帯びていた。

声は消えた。どこへ？

明かりを消した〈土龍庵〉にドライエリアから、地上の粗樫（あらかし）の枝葉を透かして名残りの青白い月の光が細く入ってきたが、やがて見えなくなった。卓上の時計の蛍光針は深夜二時十三分。静寂が暗い部屋の隅々まで浸している。月の仕事は終わったらしい。

【付記】

本書に収録した三十六編の短編連作は、水声社の月刊ウェブマガジン「コメット通信」第二七号から第三九号まで、隔月で連載されたテクストに基づいている。単行本として上梓するにあたっては、各編とも加筆・修訂をした。なお、作品によっては、〈黒の会〉の同人誌『同時代』『黒の会手帖』、および広報紙(『大東文化』)などに発表した諸編にプロトタイプを持つものがある。

『転落譚』から始まり、『幽明譚』、『ブラックノート抄』、本書『変声譚』まで、それぞれ独立した作品として刊行してきたが、結果的に「譚」四部作として〈起承転結〉の形を成した。最初から何かに促されるまま書き進め、もちろん意図しての展開ではないので、はたしてここに何が出現したのか、思案しつつ作者もまた読者の側に立っている。

著者について——

中村邦生（なかむらくにお）　一九四六年、東京都に生まれる。小説家。「冗談関係のメモリアル」で第七七回『文學界』新人賞受賞。「ドッグ・ウォーカー」で第一一二回、「森への招待」で一一四回芥川賞候補。主な小説には、『チェーホフの夜』（二〇〇九年）、『転落譚』（二〇一一年）、『幽明譚』（二〇二二年）、『ブラック・ノート抄』（二〇二二年、いずれも水声社）、『芥川賞候補傑作選・平成編2』（共著、春陽堂書店、二〇二一年。「森への招待」を所収）など。評論には、『未完の小島信夫』（共著、水声社、二〇〇九年）、『書き出しは誘惑する——小説の楽しみ』（岩波ジュニア新書、二〇一四年）など。アンソロジーの編著には、『生の深みを覗く』（二〇一〇年）、『この愛のゆくえ』（二〇一一年、いずれも岩波文庫）などがある。

装幀――宗利淳一

変声譚

二〇二四年七月五日第一版第一刷印刷　二〇二四年七月一五日第一版第一刷発行

著者――中村邦生

発行者――鈴木宏

発行所――株式会社水声社
東京都文京区小石川二―七―五　郵便番号一一二―〇〇〇二
電話〇三―三八一八―六〇四〇　FAX〇三―三八一八―二四三七
［**編集部**］横浜市港北区新吉田東一―七七―一七　郵便番号二二三―〇〇五八
電話〇四五―七一七―五三五六　FAX〇四五―七一七―五三五七
郵便振替〇〇一八〇―四―六五四一〇〇
URL : http://www.suiseisha.net

印刷・製本――モリモト印刷

ISBN978-4-8010-0816-8

【中村邦生の本】

チェーホフの夜

一八〇〇円

《私はふと過去の風景を見つめているような気持になった。むしろ今という時間を遠く未来から懐かしんでいる気分というべきかもしれない……》虚実の陰影を刻む短編集。

転落譚

二八〇〇円

《締め切りの近づいたある日、某駅の階段を上っているとき、いきなり本書の主人公にあたる人物が私の頭のなかに転落してきたのだ……》未聞の試みの長編小説。

幽明譚

二八〇〇円

なつかしい場所を訪ねてはいけない――。神田川をさかのぼり、記憶をたどると、あやしく〈過去〉が立ち現れる。〈過去〉もまた、異界めぐりの時空なのだ。あやかしの自伝小説。

ブラック・ノート抄

二五〇〇円

《ある日、私のもとに謎のノートが届いた。》奇想か妄想か、さまよえる断章群の残映と余熱。〈読むこと〉と〈書くこと〉をゆさぶる先鋭なエンターテインメント小説。

［価格税別］